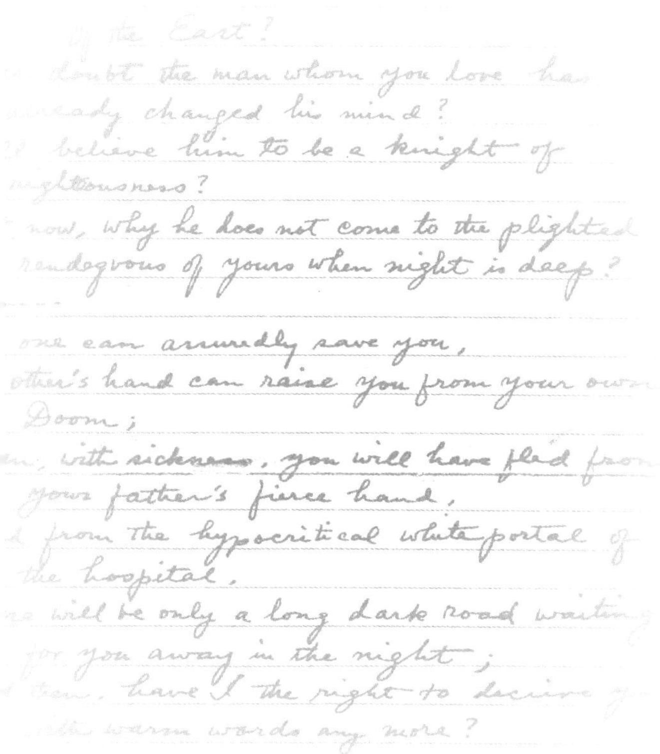


# 幸存的一票（续集）

成幼殊 著

世界知识出版社

**图书在版编目（CIP）数据**

幸存的一粟：续集/ 成幼殊著．—北京：世界知识出版社，2019.3

ISBN 978-7-5012-5982-3

Ⅰ．①幸… Ⅱ．①成… Ⅲ．①诗集—中国—当代②散文集—中国—当代 Ⅳ．①I217.2

中国版本图书馆CIP数据核字（2019）第055585号

| | |
|---|---|
| 责任编辑 | 汪　琴 |
| 特约编辑 | 罗庆行 |
| 责任出版 | 赵　玥 |
| 责任校对 | 马莉娜 |
| 书　　名 | **幸存的一粟（续集）**<br>Xingcun De Yisu ( Xuji ) |
| 著　　者 | 成幼殊 |
| 出版发行 | 世界知识出版社 |
| 地址邮编 | 北京市东城区干面胡同51号（100010） |
| 网　　址 | www.ishizhi.cn |
| 电　　话 | 010-65265923（发行）　010-85119023（邮购） |
| 经　　销 | 新华书店 |
| 印　　刷 | 北京朝阳印刷厂有限公司 |
| 开本印张 | 710毫米×1000毫米　1/16　16印张 |
| 字　　数 | 187千字 |
| 版次印次 | 2019年4月第一版　2019年4月第一次印刷 |
| 标准书号 | ISBN 978-7-5012-5982-3 |
| 定　　价 | 58.00元 |

# 前　言

2003年1月，诗集《幸存的一粟》出版。其实，早在2000年9月，该书的“自序”就已经写好。迟到的出版，主要是由于我的“贪心”：一是我与编辑有共同的喜好，诗集中后来又多插入了不少图片；二是借编辑的宽容，我又为诗集写下了或短或稍长的说明文字。

《幸存的一粟》的出版，及有幸被授予第三届鲁迅文学奖全国优秀诗歌奖，让我幸运地结识了更多的诗友。我以诗文交友、会友，又收获了一些诗和文。于是，就有了《幸存的一粟（续集）》(以下简称《续集》）的出版。

《续集》的“后记”拟出后，“序言”怎么写呢？有人建议可请出版社写个前言，有位编辑却试探性地建议可否用2003年版《幸存的一粟》的“自序”作为《续集》的“序”，而由作者写“前言”做说明，以让读者更好地了解诗集创作的背景。年轻人就是机敏，我欣然接受了这个新颖的思路。

《续集》是《幸存的一粟》的延伸，《续集》以2000年9月的“自序”为“序”，表明了《续集》与《幸存的一粟》的一脉相承，表明了我一以贯之的心迹。

成幼殊

2018年6月于芳古园

# 《幸存的一粟》自序（代序）

作为主要生活在20世纪的一个人，我当然是不同于19世纪或21世纪的了。但我所继承、所憧憬的，却也会溢于20世纪之外，即使并不那么自觉。

承继，有沉重，也有喜悦，与现实和憧憬掺和在一起，来到诗中。于是，在20世纪40年代的日本侵略期间，苦闷中仍自咏“二十岁的年华，/如闪烁着的金沙……”(《金沙》，1944)。这就是我采用金沙作为主要笔名的由来。

时至60年代，人到中年，早已跨越了抗战胜利，新中国成立，其后，对外关系上的“一边倒”也起了变化。这时，我自以为经努力和考验，还是“金的”，但很渺小。要“把我和别的我放在一起/不然我就没有了……”(《金沙自白》，1963)。

60年代后半期，对全民族的大考验来临。我是幸运的，四年干校之后得以复出，现在又进入了2000年。而且，总算仍与诗相随。

与我熟悉并亲近的人，特别是诗友，多次提到我是否出个诗集。好像各种条件都已具备，更待何时？——那么，且克服愧赧，把自己的一些诗捆在一起，抛向茫茫书海、氤氲书市去吧。对于一些尚不相识的或后来的读者，这本小书谅也不会有多大害处。虽然，早期一些作品幼稚，待到投身革命，真诚地觉得“一个茅草的屋顶已经够了”(《赠》，1946)，并也曾否定自我存在的意义（《金沙自白》）……流露出浅薄和不成熟。即使诗不是论文。

在世事颠簸中的这些诗，和我一样也是幸运的。它们受到各方呵护。早在40年代的上海，丁英（丁景唐）作为长者和先行者，就向一些刊物热情推荐过我的诗作，直到1980年重逢，仍能确切相告曾在何时何刊发表，并复印题词相赠作为纪念。这包括我1945年的《羽翼》《莲花》。诗友袁鹰（田钟洛）刊用和推荐我的诗，主要在“文革”后，包括我1981年的《冻雨敲窗》《梦——寄南海外》，1997年的《南海边，香港》。更难以置信的是，曾被他慨叹为不知下落的我那些40年代手稿，包括他所欣赏的《最后的黄昏》(1943）竟然由早已在新加坡立业的大学同学、高层建筑专家侯克华保存下来。当年小友顾绛（顾绛珊）依据其中一首《寄》(1945）写下美文《落发缀串的思念》，倾诉对诗中的当年伙伴们深沉的忆念。经她同意，此文得刊于这本集子。

最后，得屠岸（蒋璧厚）作序，引领这些诗从厚厚薄薄的历史尘埃中睡醒起身。我要说，他对它们的钟爱，或许是偏爱吧，超过作者我自己。他坚持一些被我选落的稚气的篇章仍应收入。我想，他是怀着怜惜之情。而且，还有些诗作连我自己都不知随手放到哪里去了，只因曾抄给他看，现在才得以由他提供，如《意大利安琪儿》(1986)、《清晨絮语——与枕》(1995）等。早在五十多年前的1946年，后来已成为英诗翻译名家的他，就曾把他喜欢的《厄运》(1946）译成英文，用紫褐色墨水，大写字母采正规花体，抄赠给我（已收入本集手迹）。而我那时的诗，喜用绿色墨水抄写，总给他看。彼此这种诗情数十年如一日。

相识近60春秋以来，上面提到或没有提到的诗友们好像谁都没有变“老”，仅仅如我在回赠屠岸的诗中所说:“一个‘老’字／只加在‘友’字之上”。谁也都没有用世俗的眼光看待诗，包括我大度的丈夫——当年的大学同学，后来的同事陈鲁直。

屠岸不仅写序，其底蕴更是以诗人和选家的眼光审视我那些诗，也让它们在一些刊物上有所发表，这包括我1944年的《蝙蝠》《期待》。这里还要提到他的伴侣方谷绣（章妙英），她也是一位默默无闻的诗作者、诗译者，一位支持和鼓励我的老同学。只可惜她已在两年前辞世。

为我深深追念的诗友还有男同学钱大卫（钱春海、魏淇）、何溶（何伯英、何舍里），女同学潘惠慈、葛克俭……

在新中国成立以来的这几十年中，在负担这平凡却也繁忙的外事“正业”期间，

2012年的我，在丹麦驻中国大使馆。

我也断续写过些诗。它们曾被与我亲近的一些同志和领导所认可和包容。其中包括已逝去而总令我心怀感激的章文晋、李汇川、张彤、陈勉之……

据说，在“文革”初期也有过大字报，要把我从驻外使馆揪回，批判写诗的资产阶级情调。这在席卷全国无以名状的恶浪中自然不算一回事，而且也可理解为当然。

瞻前顾后，真是沧海中的一粟，幸运的，幸存的一粟，我自己，我的诗。

成幼殊

2000年9月于北京芳城园

# 目　录



## 第一辑

鲜花，啊，可爱的存在，
花里花外，洋溢着微笑。
我为鲜花，更为爱花的人们祝福，
在思念中世代不凋。
——引自《黑马》

## 第二辑

一百减一等于零，
多么好的座右铭！
……
追求，追求，
从否中求有，
从有中弃否，
天人携手。
——引自《航天人的一百减一》



## 第三辑

夜空，当流星雨漫天飞过，
也唱着听不见的歌，
且仰慕这天上的海，
将承载的岁月还会多而又多。
——引自《岁月》

成之凡的画作

成之凡的画作

# 第一辑

鲜花，啊，可爱的存在，

花里花外，洋溢着微笑。

我为鲜花，更为爱花的人们祝福，

在思念中世代不凋。

——引自《黑马》

上图为，2003年1月8日新华网刊发的，“数万美军开赴海湾，亲人送别之景催人泪下”组图之一——“再见，心上人”。

并说明，“1月6日，在美国加利福尼亚州圣地亚哥海军基地，一名在塔拉瓦号战舰上服役的水兵在出发前与妻子告别”。

# 伤　离　别

——悲哀的美国母亲

七尺的男儿，
有女郎依偎，
看得见悲伤，
看不见眼泪。

那是谁的儿子？
那是谁的媳？
那是美国大兵，
开拔，离别，
成批，成批，
船，飞机。

强咽下苦涩，
伤痛，锥心的痛，
撕裂，就在一瞬间，
温存，还有一瞬间。

人，异化成刀剑，
异化成机器，
异化成军舰上的
一个铆钉，
还要怎样促退？
千万年铸就的文明。

不要异化成烟，
不要异化成
摸不着的云，
贫铀弹那样的魔妖
也是飞去来镖，
损伤他人，
也能损伤自己的七尺男儿身。

比谁都明白，
那悲哀的母亲，
听孩子说
“我会回来”，
祈愿他不至于失信，
而且仍然是一个健康而完整的人。

2003年1月8日夜，在白天看了新华网
所刊美军去攻打伊拉克图片后
北京芳古园

2003年初，年已79岁的我，第一本诗集《幸存的一粟》出版。

有幸的是，梅娘读后写下了散文《诗人与我》，刊于2003年的《文汇读书》，美文结尾写道："幼殊也将她的诗集送给了画家窦明娅，明娅来我家取书时，正是伊拉克遭受美机地毯式轰炸之时，我们同读《雪之歌》，明娅苦笑着说：'布什若有雪的情怀，伊拉克的人民也就不会遭难了。'确实，潺潺涓涓无终无绝，这是大智大勇的情怀，是能使万物复苏的奇美，这心愫，是幼殊与众家姐妹、众家兄弟的灵犀一点。"

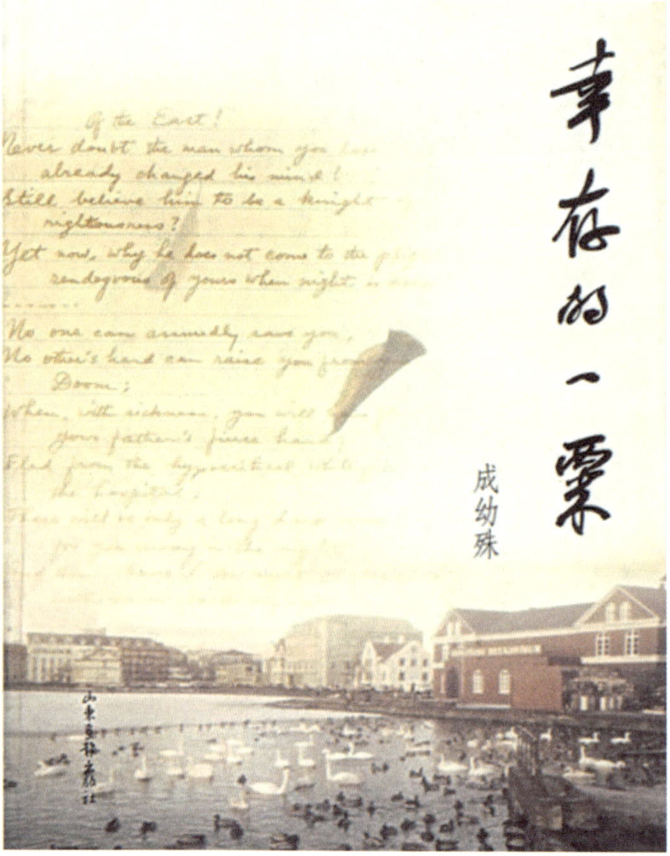


《幸存的一粟》封面

《伤离别》作为《幸存的一粟（续集）》开卷的第一首诗，完全是按时间排序的，却与梅娘的《诗人与我》呼应，真是“灵犀一点”。

我有幸作为《幸存的一粟》的作者走进梅娘的生活，10年后的2013年5月，梅娘姐离开我们驾鹤归西。我写下了《忆梅娘》，回忆了我们姐妹10年的诗文交往深情，也可以作为《幸存的一粟》与这本《续集》关联的注释。

# 忆 梅 娘

梅娘姐于龙年之尾，也就是2012年最后一天的前夕，给我寄来了一张明信片。短短数行，一声“幼殊妹”，一声“我的诗人”，至今令我陶醉。我随后满怀喜悦，向她函贺新春。我俩还在电话上互聆了亲切的声音。

有谁曾把“走进我的生活”这几个字写进文章，给我这个相识不久的妹？天南地北，只有梅娘。如此亲切，如此自然，也许她在《诗人与我》这篇文字中，落笔时并不曾经意，只在她的一呼一吸之间。

我是幸运的，遽然亲近了梅娘，我这个幸运的幸存者。经过大风大浪的时代，梅娘是不幸的，虽然也得以幸存了下来。我知道，有不幸者才有幸存。我的幸存，是不幸者之赐。

虽然梅娘出生于东北的一个大户人家，她却自幼就“没娘”。她20来岁就以创作小说而闻名文坛，并满怀爱国热情，一心抗日，却被诬称为“附敌文人”。她有一位如意郎君，却在执行秘密任务时，因海难丧生于台湾与大陆间的浪涛之中。即便如此，被遗留下来的梅娘，以后在大陆并不能逃脱被“劳教”的命运。她的三个孩子，在非常困苦、被撕离母怀的情况下，夭折了两个。令我再叹的是，她在《诗人与我》一文中，以自己的女儿柳青，与曾于1960年在印度机场献花欢迎周恩来总理的我那小女儿香棣相对比，叙说柳青的伤心往事：“因为和反动家庭划不清界限”，虽有全部5分的学业成绩，却不能获得应有的奖励。

梅娘母女、窦明娅、赵衡也曾应邀来我家快乐相聚。

在我家，左起，赵衡、成幼殊、梅娘、窦明娅、柳青。

虽然我和女儿都属于幸运者，但不幸者梅娘仍把我引为知己。我体会，她从我早年的小诗《声声小妹》中，看到的不仅是她和我都曾有过的童年乐趣，更有时代和祖国的呼唤。她从我《羚羊》一诗中，看到年轻的我俩“蹄”沾“残露和草香”而来，思索着“哪里去呢”？其后，她又从我那1945年冬所写《队伍》中的诗句：“像狂风吹过死寂的森林，我们的脚踏过荒野，枯草便会笑着变青！”看出“摇着毛茸茸长耳的小羚羊，成长为革命的斗士”。她更高度评价我1964年在工作之余写的《雪之歌》：“我是雪，我是喜悦/……落在哪里，融在哪里/化作春水，潺潺涓涓/潺潺涓涓，无终无绝/上天为云，下降为雪/我永在，天上人间。”这些诗，她得与她的近邻女画家窦明娅共咏。就这样，她认可我走进她的“生活”，对于我，实在是最高的褒奖。

我结识梅娘是在距今十年之前，以诗文相交。她长我三岁。虽说属于同时代人，她早已是著作累累的老作家，而我只是个业余的诗作者。直到2003年79岁时，我才出版了第一本诗集，不能和她相提并论。仅仅这一点，也可印证我真是个幸运儿。

北京太大，梅娘住在城西，而我家在东南。对于年岁不小的我俩来说，要见一面，颇为不易。我比她小，理应拜访老姐。而她总怜惜我腿脚不便，怕让我攀登她那没有电梯的三层楼。我每次去，她虽然帮不上忙，却也要守在房间外的楼梯口，看我如何由陪同的年轻人呵护着，一级一级上楼或下楼，拐着弯。对于我来说，这却是一种愉快的经历。

我初去梅娘家时，她的住房相当窄小局促，我笑说“别有洞天”。后来她女儿得以接手买下邻居的一个单元套间，虽然房子增加了，但更显得是小房间套小房间，我则戏说“曲径通幽”。她一般都是把我迎进靠门最近的饭桌旁坐下，省得我再往里走，除非，她有什么“宝物”，想让我去里间看。倘若宾客稍多几位，大家就到最“幽处”的沙发上相聚。记得她的另一近邻女画家赵衡的母亲老作家杨苡从南京来访时，大家就是在这间客厅里笑谈的。那迎面的窗台上总排列着些植物，多开着小花。相聚那天，沙发前还摆着一只喜气洋洋的大花篮。细心的赵衡前来时，就给梅娘、她的母亲和我这三位老姐妹，准备了三条轻盈的丝巾。我们仨当场披上，好像都年轻了不少。我曾在去南京时拜访过杨苡女士，这次交谈中，不免提到她家院子门口的那棵石榴树。那是已故男主人、诗人、作家赵瑞蕻所亲植。我去时，那树正挂着红红的石榴，显出一种无声的抚慰。我有幸还得杨苡赠以赵先生的宏丽译诗《欢乐颂与沉思颂》。

前面已经谈到的梅娘所写《诗人与我》一文，是我得到她所赠《梅娘近作及书简》一书才看到的，真没想到。而且，书中还有她曾写给我的两封信。这书于2005年出版，承她同月题赠给我。

收录这书的2004年1月26日函，是梅娘在南美巴哈马写给我的。当时她应女儿和洋女婿卢堡之邀，住在他们家。我从北京打电话去问候，她就给我回了这封信，既细致又扼要，敞开心扉。信中介绍了女儿的跨国婚姻和女婿卢堡的忠厚为人。她说："柳青劝我留下，我还是想回去。鲁迅先生20世纪20年代发表的宏论——'老的不能拖着小的'是我的座右铭。这种抉择有其无情的一面，却合理，营造了各得其所的心理安适，也算是跳出农耕心态的一种举措吧……就是母女相依，也留不住似水年轮，还是各得其所更好。我自信，我会得到你的理解，你的共鸣的。"

的确，我理解，也有着与她相同的心声。而且，我也是这样做的。我和老伴儿都尊重儿女们的独立性以及他们自己的人生选择。这也是尊重我们自己，适应时代。

在我给梅娘的诗作中，比较有特殊意义的，也许是写于

在梅娘家，左起，梅娘、成幼殊、杨苡。

2011年10月的《望金门》一诗。当时我去厦门参加第三届中国诗歌节后返京，不久去看望她时就带上了这首诗的手抄稿，并附一把由炮弹壳打制的小剪刀，两柄套红，以之象征诗的主题“化剑为犁”。我想，这对于早年就熟知并仍关心着台湾的她，更有一重意义。

现在且回到这篇文字开头所说的，梅娘给我的那张明信片，她接着写到，自己“已经老得不行”。我在回信里说虽然我比她小，却也许更比她感到老之已至；而她一生磨难多多，但仍坚韧勤奋，成果累累，提携后人，为我所心仪。我俩在信中也都表达了深深惦念之情。

真想不到，此后不过几个月，她竟去了新加坡，在一艘旅游海轮上，和她的亲人、好友以及一些年轻粉丝欢聚，和柳青一起，庆祝她这位仅存的女儿的70岁生日。我心想，她的身体和精神都还不错吧。当我接到她在愉快返京后写给我的明信片时，非常高兴，就也以明信片简答，祝贺。我觉得，又能有机会去看望梅娘了。

但，晴天霹雳，5月7日上午，突然接到柳青的电话，告以她母亲已在当日平稳逝世。我大骇，只会惊呼，而柳青也只能简单相报，我知道还有许多事等着她处理。不巧的是，那时我又刚摔了一跤，而且虚弱、难以自己起床。我这事不足道，当然也没跟她说。

随着时间的推移，我痛定思痛，回顾往事不胜唏嘘和感激。我首先想到的是：由于梅娘割不断的故国情，虽然柳青经常浪迹天涯，也邀请她母亲前往，多多享受异国的艳阳和沙滩，但她总是在国外住不长久，坚持要回到北京，这才使我得以亲近。

梅娘姐留给我的文字和精神财富难以计量，这里且说她2005年7月15日写给我的短信，就非常炽烈而凝重。她在信的开头唤我：“幼殊妹”，说“这一声妹，涵盖了多少亲情，多少

2011年11月我从厦门返京后看望梅娘。

欣悦，多少赞许”。在热情表述了她获知我以《幸存的一粟》得获第三届鲁迅文学奖诗歌奖的报道后，她接着写道：“那不完全是你，是我们历经风霜雨雪的整整一代。我们的同辈人进入鲁迅文学奖评比的视野，在历史上是‘空前’的，但愿不是绝后。这是历史的昭示：意识在前进……老人们……仍然是在为祖国发光。这种不懈，是民族葆有青春的原动力。”阅读至此，我实在为她站在国家、民族的高度上呐喊而感动，并怀着和她同样的期待：后有来者，更盼成为常态。

梅娘姐，知我，爱我，心疼我的梅娘姐，茫茫人海，还能去哪里找你呢？

哦，不。梅娘姐，你永在，天上人间。

---

* 梅娘（1920.12.22—2013.5.7），20世纪30年代末40年代初，中国沦陷区文坛出现两位文学才女，一位是张爱玲，成名于上海；一位是梅娘，成名于北平。有“南玲北梅”之誉。梅娘本名孙嘉瑞。

《忆梅娘》是由在河南主办《书简》杂志的信笺收藏家王金魁先生约稿并刊出。寄稿时附了致谢函，谈及与梅娘的相依相聚，以及一些友人和书信。现收录《忆梅娘》一文之后。

王金魁先生：

承蒙邀我写一篇怀念老作家梅娘女士的文字，刊入《书简》，纪念梅娘逝世。现寄上《忆梅娘》一文请看是否合用、适宜。随函还有梅娘给我的一件明信片的照片，正反面共印成两张，以供配合。

我注意到贵刊总第十六期，刊出梅娘给我的两封信时，在同页上端有她于2005年6月18日给先生函的影印件，其中谈到韦泱先生的美文《爱读梅娘的信》。韦泱此文已作为附录收于同年8月出版的《梅娘近作及书简》，文中摘引了2004年1月26日梅娘给我的信。我感叹，竟又在这里和韦泱相遇，而他竟然和梅娘缘悭一面。相比之下，我在有生之年，得以跟梅娘如此相依相聚是多么幸运。

另随函附去和梅娘等照片三张备选。虽然，你或已注意到，在《梅娘近作及书简》一书中已有些同一主题的好照片可以采用。

我实现承诺提供这一稿件实在太过迟缓，除了健康欠佳，还因对所写文字不满意，来回补补改改，积习难移。真对不起！

此颂

编安，全家都好。

成幼殊

2014年4月20日

2003年，我还完成了一件有意义的、有意思的工作，主编出版了《阿拉伯数码之灾》一书。

我写了《这本书——代后记》一文。于光远老先生在后记之后幽默地写道："特请比我们小不了几岁、芳龄才七十九岁的诗人成幼殊，把这本书编成。"

# 这 本 书

## ——代后记

朋友，你已经打开看到的这本《阿拉伯数码之灾》，这是一本什么书？阿拉伯数码怎么成了灾？面对"灾情"，有些怎样的反应、呼吁和建议？

这里编入的文章做出了各自的叙述和回答。

阿拉伯数码有它悠久的历史，也有它驰骋的天地。在当今世界，它和各国各地语言中的数字、数码各有特色，可以各司其职，继续为创造了它们的人类服务，传播文化、文明，而垂于久远。那么，何以会有阿拉伯数码在我们的国家"泛滥成灾"，而令不少仁人学士振臂而呼，质疑其科学性、合理性，并为汉字鸣不平、"争座位"的事呢？

恐怕在西学输入增多，汉字又采用横排横写的情况下，阿拉伯数字使用场合的增加，是自然而然的事，如张中行在为汉语力争的文章里所说，“波音747”这样的名词，已把阿拉伯数字拿来，照抄为是。这属承认现实的原则，是表示数字时衡量得失的原则之一。另两个重要原则是方便及维持汉字调和系统。

问题是阿拉伯数码的使用，和其他任何事物一样，要有一个适宜的“度”。何况，它所表达的量应该是精确的。绝不可抛开这一特点，去把标价的“10000”和“万国旗”中的“万”相混同。那种把“五百多”硬改成“500多”的做法也是非科学的，使人不仅为汉语数字，也要为阿拉伯数码叫屈。

虽说阿拉伯数码已风行天下，但由古迄今，不仅汉语，世界各国文字一般也都有自己的表述方式，并不是都可以用阿拉伯数码取代的。如，英语里不去把one、two、three都写成1、2、3。就连阿拉伯语本身，也有自己数字的文字书写方式，而且，虽然它的数码和数字文字都是横写，但前者由左向右，后者却和波斯语、乌尔都语等语种一样由右向左，是混杂不了的。关于阿拉伯数码，承专家罗林提供情况，现把他有关专著中的章节附后。

这本书里收集的文章，从不同的方面和角度讲述了不能随处以阿拉伯数码搅混、取代汉语数字的道理。但也可看出，尺度并不完全一样。如，有的作者认为“1990年代”这样的写法并无不可，而有的则认为中国地图上标注的比例尺也不该用“1∶500000”，而应该是“一比五十万”。类似问题，都可以探讨。至于有的作者从维护祖国文字的纯洁和庄严出发，下笔火冒三丈而未能温良恭谦，其心情也是可以体会的。

书中所收于光远关于“〇”作为一个汉语数字的议论，另有意义和趣味。这个“〇”已收入近年出版的一些字典、辞书，突破了现代通用汉字没有圆形笔画的情况。这个汉字滚圆的“〇”和阿拉伯数字椭圆的“0”是不一样的，不属于同一序列，但含义和作用相同。其实，国际上早已承认尽管古代中国曾和古希腊等一样缺少一个明确的数“0”，但算盘的发明和使用表明中国人已意识到位值制记数法以及零是一个数。

关于数字的使用还有一个很重要的方面，那就是不应以职位的高低而有所区分，诚如书中李普、龚育之等所说，伟人著作可以用的数字表述，人人皆应能使用。时至21世纪的今天，环顾四海，难道这样一个起码的民主权利还能遭到拒绝吗？关于这方面的呼吁不仅是合理的，而且催人奋进。

这本书所集中的文章自1988年以迄于今，有15年了，实际上在各种报刊书籍中发表的当远不止此。书中文章多有涉及先后在1987年和1995年作为国家标准公布的《关于出版物上数字用法的试行规定》和《出版物上数字用法的规定》。可以看出，后者较前者是有了不少改善，简省了一些细节规定和令人疑惑的举例，但总的态度仍是规定要多使用阿拉伯数字。两个规定已附于本书，不再赘述。而批评意见的提出，是为了改善目前在数字使用方面的状况。

书的封面

这本书是一些有关文章的初步汇集，供研究、探讨，目前暂不投入市场。文章不少由钱卓麟、罗新璋等诸先生收集，经共同策划，终能编辑成册。由于它还不算是一种正式的公开出版物，我们特别希望读到它的人提出意见，参加讨论。请采取各位感到方便的形式，更欢迎来稿参与。范围仅限于数字，不包容整个汉语问题。

这本《阿拉伯数码之灾》，是在数字使用这一特定领域呼吁科学和民主之声，汇入我们国家前进的如潮步伐之中，当会引起积极的思考。

2003年7月

# “非典”的冠

小小的，看不见的冠冕，
像一滴水，落入油中，飞溅。
是上苍的惩罚，
对于污染，破坏，千奇百怪？
或是自然的进程，探试
人类的坚韧、才智？

不是地震、风暴、海啸，
它飞飘
却也不是气泡，
不是璀璨的王冠——
而像是那耶稣头戴的荆条。

叫它“非典”，这简称，不为昵爱，
多少事，溢出于典型之外？
看，怎样的全球阵容，
对人的关怀，
天使，白衣，
出征在第一排。

我们的国家，古老又年轻，
再一度泡桐花姹紫，
杨柳、银杏青青。
众志刺破“非典”的冠，还靠
上上下下，以民为重，君为轻。

如抗震，如抗洪，排山倒海，中华风，
愿从此，虚假，粉饰，
被大步抛出九霄云外，
共庆胜中之胜，
迎未来。

2003年4月26日
北京　芳古园

---

下面这一页信，是现代诗研究学者陈超先生读了我的《幸存的一粟》后写来的。我复信给他，附上了《“非典”的冠》。我们的信中都谈到了非典，这些文和诗也都显露了“灵犀一点”。

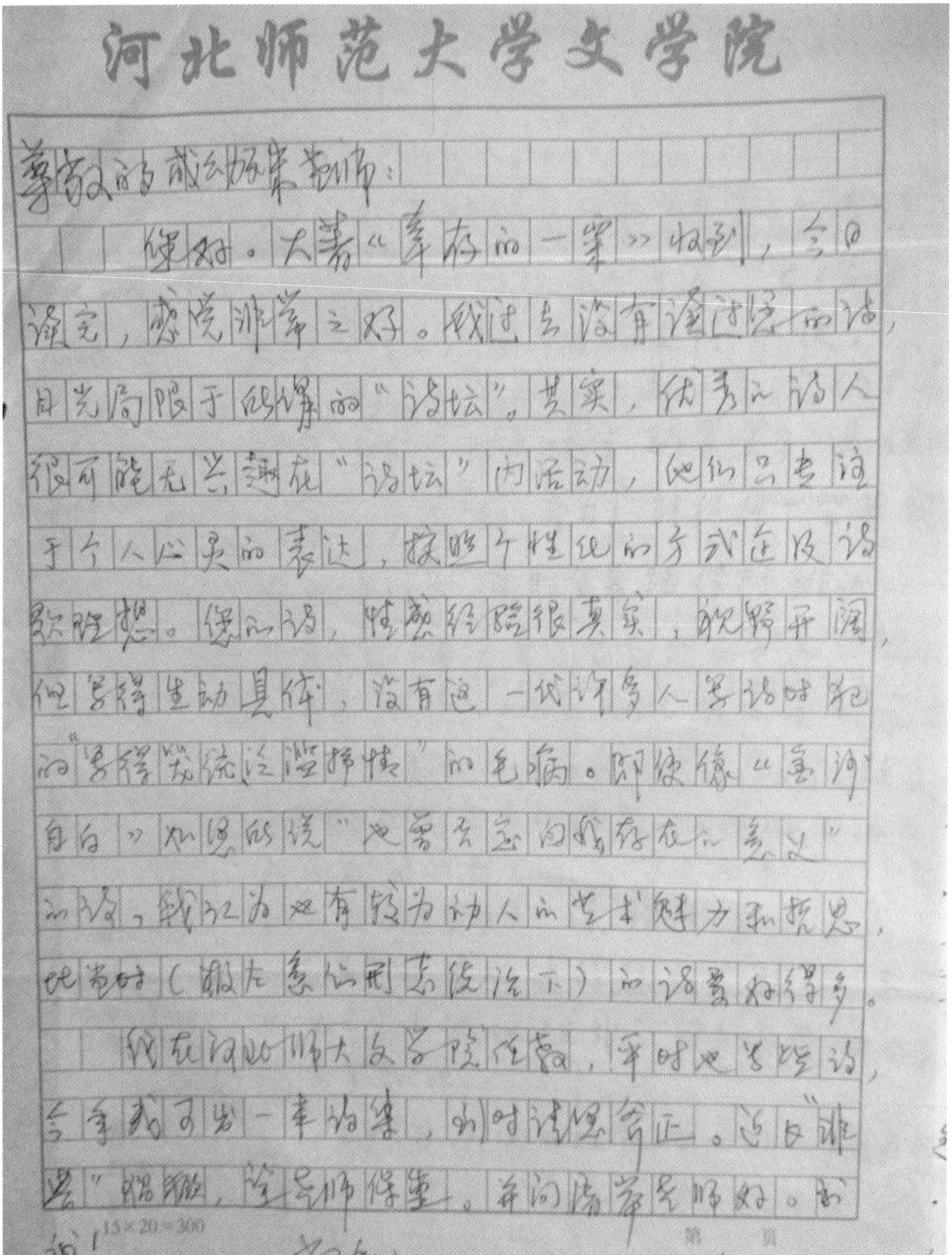

河北师范大学文学院

尊敬的成幻娇荣老师：

您好。大著《幸存的一半》收到，今日读完，感觉非常之好。我过去没有读过您的诗，目光局限于所谓的"诗坛"。其实，优秀的诗人很可能无兴趣在"诗坛"内活动，他们只专注于个人心灵的表达，按照个性化的方式建设诗歌理想。您的诗，情感经验很真实，视野开阔，但写得生动具体，没有这一代许多人写诗时犯的"写得笼统泛滥抒情"的毛病。即使像"垂河自白"和《思路说"也曾是鉴自我存在的意义"》的诗，我认为也有较为动人的艺术魅力和精思，比当时（撇去意识形态设治下）的诗要好得多。

我在河北师大文学院任教，平时也写些诗，今年我可出一本诗集，那时请您斧正。这本"非非"馈赠，望老师保重。并问候某老师好。谢谢！

15×20＝300　第　页

敬礼

晚辈：陈超 03.5.3

我的复信如下：

陈超先生：

您在大学任教才是真正的“老师”，谢谢来信！恕我复迟。在俗务、“雅务”和“非典”之下，日子还是过得飞快。

很高兴，您能喜欢我的诗，它们只是一个业余的诗者的点滴积累罢了，是谈不上跨入“诗坛”的。印出来，能得到一些共鸣，就是快乐的事，并盼望着能得到雅正。“一粟”那集子里确实有一些幼稚和不成熟的作品，但不是“故作雅致”，大概因此还能获得原谅。由于生活经历的异同等原因，读者和作者自己往往会有所偏爱。这种偏爱加在一起也就能比较全面——不是面面俱到。您特别点到《金沙》一诗，应该承认，我对它也是有点偏爱的。这诗题就是我的主要笔名，当年是真诚地“无我”。因为偏爱，而更责它“不争气”吧。等待着读您的诗作。您自称为“晚辈”，晚多少呢？我想在我们之间是不用讲辈分的。

问好，保重！河北“非典”疫情也不轻，好在已和北京一样在减退中，但还要警惕。

成幼殊

2003年6月3日

再：已转达对屠岸先生的问候。他一家都好。

附上应我在外交学院教学的老同学之约所写的抗“非典”歌词一首，外加《“非典”之冠》诗一首，愿听取您的意见。

# 越 过 边 界

越过边界，
像孩子套上冰鞋
滑过冰面，
从德意志
进入丹麦，
我的车轮。

没有阻拦，
没有盘问，
没有军警，
未见国门。

一所空荡荡的
小房子，玻璃
四面亮锃锃，
没有人，
却是
通行的见证。

只因为车中收音机
侃侃德语变成了
娓娓丹文。

只因为路牌上
出现的地名，有了那
顶着小圆圈的
“A” 字——“噢”，
别样的丹麦读音。

只因为阳光里
早秋的田野上
收割机留下的麦秸团，
由金黄的圆筒
变成了方形。
只因为旅店
找给了我们钱，
那有孔的硬币
还是两个克朗，
而不是欧元。

当然，那两条白道道
仍然横竖交叉贯穿于
一片鲜红，
丹麦国旗
从边界
随处飘动。

欧洲的统一
在行进中，
不是横扫
而是步履审慎，
跨进了
丹麦的门。

即使欧洲统一
再向前迈进，
安徒生还会
讲他的故事，
让一位老太太说，
老头子做事总是对的，
即使一头牛，最后
换成了一只鸡，
我想他是说
只要自己满意。
但，
切莫误解，
丹麦一点儿也不傻，
虽然有时我行我素，
不但美丽。

2003年8月16—17日
**汉堡至奥尔胡斯途中**
**及次日返程**

小儿子征天、儿媳卢娟、孙女嘲风陪同我和鲁直重游德国、丹麦。
此照摄于德国吕根岛度假村的旅馆前。

我摄的可爱的麦秸团人

# 致我神交的朋友

## ——一支由成幼殊的吟唱引发的诗

作者：[美国] 咪咪女士

岁月叠加，
好像矿泉水滴，
从洞顶滴答而下。

不能相信，
我已成为，
石钟乳塔。

只因为时间，
可我还那么些傻，
那么个混沌儿，
像当年的小丫。

智慧啊，
我曾以为你成熟，
以补偿有限的年华，
可是你现在哪儿？
能否以安宁庇护我
逃脱那年轻而未泯灭的
渴慕火花？

2003年8月
纽约

2003年8月5日在电子邮箱，接到小女儿香棣从纽约发来的眯眯女士的诗，随后翻译于北京芳古园眯眯女士英文诗的原文：

# To My Heart-friend

## A Song Inspired By Your Singing

Years add to one another,
Like mineral water
Dripping from the ceiling of a cave.

I can not believe
The towering stalagmite
I have become.

It's only time.
I am just as foolish, needy,
As the little nub I was
When a mere girl.

O wisdom,
Which I thought proferred
As compensation for limiting age,
Where are you now,
To bring me peaceful refuge
From my youth's unquenched, still yearning flames?

---

下面这本小册子于2003年6月出版，英文编辑厉苋，是小女儿香棣的洋先生。眯眯女士读后写了上面的诗。

《成幼殊短诗选》（中英对照版）的封面

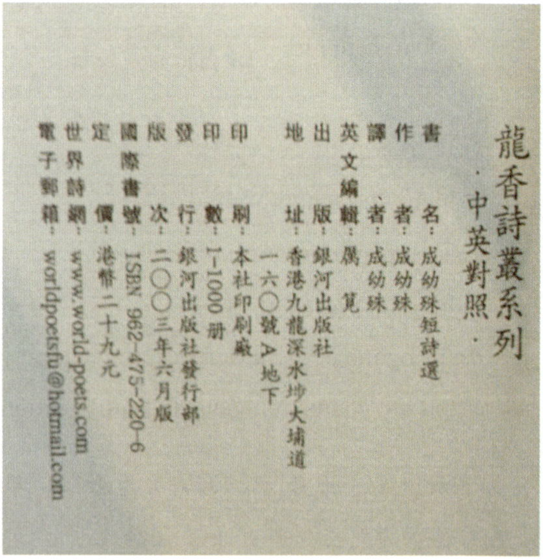

龍香詩叢系列

·中英對照·

書名：成幼殊短詩選
作者：成幼殊
譯者：成幼殊
英文編輯：偶 覓
出版：銀河出版社
地址：香港九龍深水埗大埔道
一六〇號A地下
印刷：本社印刷廠
印數：1-1000冊
發行：銀河出版社發行部
版次：二〇〇三年六月版
國際書號：ISBN 962-475-220-6
定價：港幣二十九元
世界詩網：www.world-poets.com
電子郵箱：worldpoetsfu@hotmail.com

《成幼殊短诗选》的版权页

# 一个初来者

一个初来者
在两岸诗人之间，
只会笑一笑，
找不着语言。
能不能画一个圆
——○——
一个圆圈？

我想贡献一个圆圈，
一个初来者
也是迟到者
在两岸诗人之间，
所幸尘沙难障，
所幸天假以年。

能忘？——泪眼，
能忘？——思念，
能忘你、我，更有他
风云中的华年？

沾一滴水，
沾一滴血，
映一脉山水一群影，
苍鹰高高盘旋，
低头，
抬眼，
寻找一个圆，
在两岸之间。

2004年3月28日（2月访台归后）
北京芳古园

---

“寻找一个圆，在两岸之间”。这次参加“中国诗人访问团”在台湾举办的活动，是我与更多诗友相识相交的开始。十年之后，我写下了《我和〈秋水〉》一篇短文，记录了这段历史。

中国作家访问团与中国诗人访问团，在花莲市佛门圣地和南寺前的合影。前排左起第五是我，第三是小诗友雪漪。

# 我和《秋水》

我和《秋水》在台北相见，一转眼已有十年。十年时间不算长，却也不太短。这对比滟滟而又激荡的《秋水》的四十华年，亦然，不算长，却也不太短。

回顾2004年2月，我随“中国诗人访问团”应邀到台北，参加“两岸文化交流座谈会”，纪念《秋水》创刊三十周年是会议的主要议题之一。会上聆听众议，自己却只能陷于沉默，如同我随后写的诗句所诉说：

……
只会笑一笑，
找不着语言。
能不能画一个圆
——○——
一个圆圈？
……
在两岸诗人之间
……

这还不是我与《秋水》结缘的开始，在此以前，我通过老友诗人屠岸，提供了一些诗作给《秋水》，其中包括写于2000年的《致秋水》，感叹于《秋水》清澈的诗意，而联系到“伊人影”。

我想，从屈原的“洞庭波兮木叶下”，到李商隐的“沧海月明珠有泪”，所咏叹的，都是一种纯净而生动的境界，所追求的都是“虽九死其尤未悔”的精神。这种悠远而深厚的文化，为我们两岸所尊崇而继承，不仅仅体现于诗。那是一种品格，一种魂。《秋水》所追求，所要提供的可不正是一片这样的园林净土？天南地北，我们大家相聚于此，莫不陶然。

惭愧，我是个产量不多的作者。由此，对于《秋水》的贡献也很有限。然而，每当我把小诗投给《秋水》时，总是很自然的，没有过多的思考。如同遇到一群舞者，被那悠扬的乐声所吸引，而加入。又如看见一些熟人倚栏相聚，引我参与。我想，这是由于我们两岸隔水相望，有着共同的文化和历史渊源。这种亲切感，不是排他性的，但具有其特殊的吸引力。很自然的，我们同时也能赞赏各自的差别和所长。

2004年在台与会的诗文作家，来自世界各地不少人，都好似回家。我们这些客人受到《秋水》热情而周到的接待。社长绿蒂主持座谈，会后还带领大家环台湾岛参观游览。主编涂静怡在座谈会上一一认真介绍了与会者，宾主双方就高兴地捧着主人事先备妥的本子和笔，相互留下姓名，成为结交的第一步。当然，也少不了作品的互赠，或在会上，或相约会后。当年的愉悦氛围至今仍在目前。

为了《秋水》之庆，随中国诗人访问团访台，应邀从内蒙古锡林郭勒盟锡林浩特市前来的女诗人雪漪，与会期间曾和我被安排同住一个房间。当我开门和已在室内的她面面相对时，她就显出惊讶的神色，向我说了第一句话：“您真像一个人”，我笑答：“是像我的女儿吧？”当年我女儿朋山正在锡林郭勒盟工作。如今，雪漪感慨地对我说：“我们因《秋水》而结识已经10年了，好快呀。”

是的，因《秋水》而结缘，一起进入《秋水》，成为读者，成为作者。没有想到的是蒙古国青年诗人森·哈达也能用中文

涂静怡（前排右五）2012年领队《秋水》诗人们访问北京，绿蒂（第二排左三），我（第二排右五）与屠岸（第二排左五）参加聚会。

写出优美的诗，并早已是《秋水》的一位重要诗歌撰稿人。我和他起初是在乌兰巴托的诗歌聚会中相遇，后成为知交。涂静怡在2012年领队《秋水》诗人们访问北京，随后又去了蒙古国。我参加了北京的诗会。哈达更在蒙古尽地主之谊，全程陪同，畅游全境，行踪直至我有幸也去过的哈拉和林。那是当年忽必烈帝从这里统领金戈铁马，驰骋亚欧的古大都……

这样由诗架起的人的交流，交友，天南地北，难料何时何地又相逢，诚为《秋水》奏起的永远交响曲。

2014年5月于北京

---

2004年在台北与会的诗文作家，因《秋水》而结缘，由诗架起的人的交流，交友，天南地北……这其中，台北的著名诗人、画家王禄松，我们相约当年7月的贵州世界华人散文诗笔会再聚，不想，他竟在这之前的一个月突然走了。真是世事难料，我当即写下了《痛悼诗人、画家王禄松》一文，可见当年在台北与会的诗人、作家的优秀。

# 痛悼诗人、画家王禄松

当我高兴地向即将在贵州开阳主持散文诗会的刘毅先生谈及能与自台湾来的诗人、画家王禄松先生重逢时，电话里传来的应答却是，他已经故去了。

难道这是真的？

电话台北，证之于文晓村先生，这是真的。再证之于刚从外地返京的诗人屠岸先生，这还是真的！

那位坦荡豪放、笑语朗朗的王禄松的确是离我们而先行了。我刚于二月间在台北结识他，一见如故，后来又期盼着七月开阳重聚，却不料转眼之间就只能以“痛悼”这两个字来开始我沉重的独白了。

诗为心声，诗如其人。禄松的诗何其坦荡豪放。且听：

九重天挂着晒衣架／云层中插着竹篱笆／……

晚上开灯，不慎扭亮了满天星斗／上山采果，误拾起夜月如瓜／……（《高处》）

看禄松身临高处，但所见不是那不胜寒的琼楼玉宇，而是寻常的田园风光。他家的晒衣架和竹篱笆都插上了高空，星斗夜月，随手可得。天上人间，相互融合，诗人的意境、心胸爽朗广阔，还有什么包容不下呢？

再听：

是谁打破出一个蛋黄，惊醒了天下。(《日出》)

日月像两轮磨盘，研磨着万国的兴废。天地像两片面饼，夹杂着战争与和平。(《诗的美学》)

搓赤道为线，磨地轴为针，缝补起中国的破片。(《诗的美学》)

既然煌煌旭日在诗人眼中只是一个蛋黄，世上还有什么可畏惧的强力？

诗人的豪气借磨盘、面饼以喻日月天地，借一针一线以喻赤道、地轴，可缝补中国。作为诗人、画家的禄松，在本质上又是一位胸怀天下、心忧祖国的志士。

从禄松先生的诗作中，同时可以感触到他的敦厚谦和。

他吟唱：

我是一首寂寞的小诗／躺在纸上思量／……

我快要绿叶婆娑／而变成一棵相思树了／……

一棵忍不住就要／就要哭出小红豆的相思树啊。(《小诗十三朵》)

他吟唱：

……波心轻荡钓温柔。(《扁舟》)

……鱼，游进我的诗／又游出我的诗／把我当作一种／透明的自在／自在的透明（《碧潭》)

作为一首小诗，只能躺在纸上思量，多么无奈。可是它还会因相思而哭，但坠下的不是泪，而是相思豆。天下的有情人

左起：王禄松、雪漪、我、涂静怡、黄雍廉，合影于台北。

读到这样的诗句，也会被勾起自己心底珍藏的相思。

轻荡的波心，是诗心，垂丝而钓的不是鱼，却是温柔。

这里的鱼是自由自在的，可以自由进出“我的诗”，而这个“我”，也就成为可以任凭鱼儿悠然来去的透明体了。“我”服从鱼，而不是令鱼生死听命于我。

禄松是以怎样的喜悦和善心对待那以优美的线条游动着的鱼，吟唱着那听不见诗歌的鱼。

因为，他“满心都是云彩/满心都是珍惜”。（王禄松《读月》诗画集，第9页）

王禄松先生的诗，得之于天赋，也得之于勤奋。他研读领会古今中外杰作，写有大量读书笔记，吸收而有所发挥创造。

他引用中国古句“寄愁天上，埋忧地下”，说：“好像忧愁可以打成包袱挂在月钩上，或是折叠起来藏在云层里，好像忧愁要是埋浅一点还会抽出芽来似的。”（《诗的美学》）

就是本着这种探求的态度，他赞叹印度诗圣泰戈尔的名句：

露珠对池塘说：／我是荷叶上的小露珠，你是荷叶下的大露珠。

而禄松自己续写：

池塘回答露珠说：／我是捧着荷叶的大露珠，你是荷叶捧着的小池塘。(《诗的美学》)

再如，他引用荷兰画家梵高就农夫而说的：

我在画布上耕犁，他在田地上耕犁。

禄松觉得也可以这样讲：

我在稿纸上撒种，你在阡陌间写诗。

他还按照黎巴嫩诗人纪伯伦的句子“每一粒种子都是一种盼望”的思路和形式咏唱：

每一朵春花的萼下／都系着苍郁的园林之梦／……

就这样，他繁衍出十二个具有新意象的诗行，再又繁衍出另外十五个新的诗行，而止于下列诗句：

从每一阵风雪的肆虐/我们似闻到春花再起的虹笑/苦难原是点亮必胜信念的喜悦。

禄松先生受教益和启迪于前人，但对前人并不膜拜惶恐。他的诗心是自由的，因而善于创造，与前人并立而无愧。

我有幸结识王禄松先生，是在2004年2月庆贺台湾《秋水》诗刊创办三十周年的聚会上。晚上聚餐后，禄松来到我们下榻的酒店。他与我那来自内蒙古大草原的同室年轻诗友雪漪已相识于两天前，我们随后又盼到了来自澳大利亚的诗人黄雍廉先生。黄曾为在悉尼召开的第21届世界诗人大会力尽地主之谊。他是澳洲华文作家协会会长，当然也是曾赴澳与会的雪漪的旧友了，他们与来自北京的我却是新知。

在等待雍廉诗友的笑谈中，禄松谈到他这位老友洋洋洒洒、立马可待的诗才，并提及自己在十几年前送别雍廉离台侨居澳洲时，为他哭了好多好多天。魁梧而胸膛厚实，又红光满面的七尺男儿的他，能在初识的雪漪和我面前如此坦荡，着实让我吃惊而敬佩。他的慨叹也撞击了我沉寂于心的为朋友泪涟涟的往事。

数日后，我们来自大陆的诗友、文友们在《秋水》社长、诗人绿蒂周到热情的陪同下乘车匆匆绕台一周之后夜返台北，次日离台。清晨，我带着禄松在前一天深夜从山间家中专程赶来赠送的诗画，飞离台北。

难道我和禄松先生的缘分就只能这样始于台北，又终于台北吗?

那已近在咫尺的贵州开阳诗会重逢，那已经浆汁丰沛，就要落蒂的喜笑相迎，那几乎可闻其声的知音互诉，被一句突如其来的噩耗霹雳般砍断了。我们来不及再说一句话，还以为天空总是蓝的。

在从台北飞往澳门再经广州返回北京途中，禄松的诗和画一直伴随着我。当我首次体验乘坐澳（门）穗旅行大巴，饱览窗外绵延不断的海滨至江畔的南国风光，那与之又似又不似的台湾青碧海岸，又从脑海泛出，相与映照，重叠。而禄松的水彩画幅则不时跃动其间。在我会亲广州，旋即搭乘向往已久的京九线火车北上途中，禄松那册宽厚的诗画集《读月》，得以让我好好摊开欣赏，更是我的最好旅伴。在车轮轻奏，车身微荡中，松读月，我读松，何其快意！

我不会作画，更不是画家，但我尚能领会禄松所说的“轻痕淡影寓穷通”（自题画《笔绘》）以及“彩淡而意不淡，是为绝彩”（《画论》）。禄松的画，意境幽远。当身经沧海的老作家梅娘女士见到挂在我壁上的禄松的一幅海边水彩，曾脱口赞叹说：多么辽远啊！

诚如禄松在他的《画论》中所说：

> 假不得，也假不了。
>
> 语云“文若其人”，其实绘画更为明显，明显得呼之欲出：人就像寓在他的画里头，每幅画都反映着那位画者，每个人都在画他自己。一幅幅的画挂着，那是一颗颗心与灵的复写，情与感的再现：那是画家自己站在墙上。

只能这么想：我有幸请禄松上了我家的墙。但我还想问他：你这幅画中表现了霞光映水，而另一幅我还未及装框上墙的较前者为大的画表现的却是水波映上了天空吧？那碧空中显出宽阔的类似扁平蜂窝格子又似鱼肚的白色浪条是从海面飞上了九重天么？水天相合，有舟，有礁，有屋，有人，还有雁，点点相缀，或显或隐，这是你诗梦中的香格里拉吗？

禄松似乎含笑而不答。哦，好像读诗一样，读者是在和作者共同创造，读画岂不也如此？

我未能如禄松所愿，因为作为观画人还未被画家带到“他幽玄奥妙的心灵深处”（《画论》）而迷茫，虽然深感画之奇美。问题不是如他所说在于画家，而是在于我的悟性。

然而，我总算有缘与禄松“共一程人生的际遇”，虽如此短暂。令我惊叹的是，在禄松已经离去的今天，再度细看他的《读月》，竟然有这样一段文字映入眼帘：

> 人的思想观念，往往由生活环境支配其思路。写一个“○”，是农夫心目中的番茄、厨师心目中的鸡蛋、商人心目中的铜板，却是数学家的零，音乐家的全音符、化学家的氧，却也是诗人心中的一颗圆圆的爱。（《诗论》）

原来，在我旅台返京后写的一首小诗《一个初来者》中，我正好用了这个数学家的“零”——“○”，代替了在两岸诗人之间我那木讷难尽的话语，并期待着一种浑圆美好的前景。岂不与禄松所说的诗人心中的圆相一致？

这首小诗，我因循着没有及时寄给他，最后只得以一个小小的圆的句号，画在这里了。

2004年7月18日于北京

---

王禄松，台湾诗人、画家，美国世界艺术文化学院荣誉文学博士，获奖无数，出版诗、文、画集50余部。

《我和〈秋水〉》一文中，特别写了我与来自内蒙古的诗人小雪漪的奇妙相遇。当年6月，她请我为她的散文诗集《我的心对你说》写序，就诞生了——《小雪漪，我也对你说》一文，可见当年在台北与会的诗人、作家中青年一代的诗文风貌。

# 小雪漪，我也对你说

——序雪漪散文诗集《我的心对你说》

小雪漪，手指《我的心对你说》这部诗稿，作为先睹为快的读者，我是被醉倒的了。

但，谁是那位“在缱绻月光下向我走来的人”？那位“拉着我的手，走进了深深浅浅的季节”，而且可以成为与你“手牵着手，心搀扶着心，往彼此生命里走”的幸运儿？

那么，这个“我”呢？

以音乐为岸的时候，我是一片安详的海，深深地蓝着。……我的心七上八下。原来，那是只有拥抱你才产生的心跳呵！律动出向你游移的旋律。

多么博大深沉，那无边无垠，由无数蓝宝石铺就的海。而律动着的向“你”游移的心，七上八下，这就是正在对“你”说的我的心“抵达了你”。

从“思绪炊烟似的升腾”，到“在我之外的时空，都是你。我躲到哪儿，都挣脱不了你的影子织成的网。我以思念的方式开始飞翔”。

情网中的无奈，思绪升腾，思念飞翔，是生命和爱突破的形式。

以至“对于你，我用自尊为石、自卑勾缝修筑的疆界高墙形同虚设”。只得“任你靠近”了。

然而，小雪漪，我惊讶于一个年轻的女孩子，能构想出如此的梦中情人，既缥缈，又实在，令人与你一起掷笔而叹。

> 知情的月，卧成一地洁白的绫罗。绫罗中间，我们面对面用双臂环绕着离别的苦。
>
> 日子挽着日子的日子，我不想失守这一份生活的真实。
>
> ……
>
> 千年等了这么一回！

我喜欢你这样的句子：

> 我是怎样的一个世间女子，因你的靠近，云一样热爱自由的我却情愿受你约束。

字数不多，简约而诗意地表达了：虽自视平凡，却求云之飘逸，但终愿受制于那特定的“你”。

由于爱而奉献。

所以，“让我对你说，就算你是多年的狩猎者，成为你的猎物，也是缘分”。

甚至“情愿用一生和来生，雇用你做我这棵诗苗的园丁”。

并且，告诉他：

按你的意愿下剪吧！

请耐心修剪我灵感的枝丫，使我尘封多年的诗意探出庐外。能随你情我意由衷舒展，已别无他求。

我觉得这可能是一位诗人所能做出的最大牺牲了，怎么能够任人按他的意愿修剪自己的灵感呢？倘如此，诗人的自我还能存在吗？当诗人已经“谢幕”，已经不存在于世，由他的灵感所化成的诗还能存在。所以，虽然灵感由生命而来，但能借助于诗，不是比生命更可贵吗？而我的小雪漪，你连来生的灵感都许诺了出去，剩下的你自己表示比“一颗无尘的清露”更小，比“一管苇笛”更轻吗？那位“园丁”，实在是主宰啊！

不过，也不尽然。因为这修剪虽然随“你情”，却也随“我意”，这“你情”和“我意”已合而为一。倘认为诗人的灵感就此会无止歇地、不由自主地被修剪下去，是不诗意的世俗的担忧吧。虽然，“你情”和“我意”处处、永远合而为一是不现实的，理想化、幻想化了的，可是，没有理想，没有幻想，也就没有诗了。我该怎样要求你呢，小雪漪？

引一句西谚吧：给比爱更有福。

这福，随心甘情愿而来，只有不吝于给，才得享。再用你诗中的一句话“给予，是为了回应”，是双向的。

《我的心对你说》是我读到的你的第三本书了，继《灵魂交响》和《生命草原》（诗画集，合著）之后，它们以不同形式的诗的语言飞扬着各自的神采。当我于今年二月和你一起参加在台湾举行的两岸诗会时获赠这前两本书，我就惊讶于你的诗情，奇崛炫丽，而又宽阔平实。

我想，那最有代表性的，或许是这样的诗句：

送我出发吧　我的情人
天空　是我的镜子
大地　是我的眼睛
透过你　我对一切爱得更真实更具体

在冬天就要结束的时候
我晶莹不渝的爱　肩扛风雨
愿与你　醉卧成泥

（“雪殇”——《灵魂交响》）

肩扛风雨，与雪同归，在缱绻之中相融，满怀柔情，更满怀豪情，又有多么火烈。这诗在十二年前就已流淌于你的笔下。

更令我骇然的，是你题为《纯洁》的那首，竟然有这样的诗节：

我看见沾满黑血的灵魂飞溅
一群死亡的名字扯着我的衣襟哀哭
我就势剪下那角衣片扔掉
坐上高过阳光的天空

我把自己游移过的板块
拼合成一座美丽的坟墓

我站在坟墓的边缘
把那些连尸衣都没有的名字
一个一个拖入
它们永远成了死水里搁浅的船

这样的诗行，挟雷霆万钧之力鞭挞黑暗和丑恶，怎会出自一位年轻姑娘之手？诗写于1994年，也已是十年之前了。你会记得，小雪漪，我向你提出过这样的问题。于是，我明白，你不仅是位歌手，而且是位斗士。你要捍卫“纯洁”，以求达到：

明天我乘坐的天空更蓝，
随手握住的阳光更灿。

用你自己的语言来解释吧：
在《我的心对你说》中，你申言：

雪的意境，是我一生的操守。

且听：

我本是带着爱来到这个世界，是某些阴风打旋的角落让我懂得了原来世界还有恨。

因此，眷恋中，会爱个扑朔迷离……也会恨个酣畅淋漓……我以为，有了这两大走向，我才成了一个诗心完整的人，也许我一生也造就不成诗人，但有这颗诗心便足矣……（《灵魂交响》后记）

不，小雪漪，你是个真正的诗人。你让我回顾多少志士以诗蘸着血泪的人生，你使我更懂得今天和今后的诗中路。

你从“生命草原”走来。而我，由于有一个从十九岁去内蒙古插队落户的女儿，她如今在草原已三十多年，我觉得自己也沾染上了那“马背上的草原”的璨绿、荣光和哀伤，心系那“也能在这雪冬灿然开放”的笑。

我庆幸和你有缘相遇、相知。时间和空间竟然向我们洞开，没有阻拦。

我祝福你诗人的前程，勇士的前程。

2004年6月上旬于北京

下面两幅是雪漪画的水彩画

---

小诗友雪漪，本名许冬梅，出生于20世纪70年代，15岁就开始文学创作，1988年发表作品，1998年出版诗集《灵魂交响》，2001年受邀出席澳大利亚悉尼召开的第21届世界诗人大会，一步步在国内外诗歌界，特别是散文诗方面崭露才华。如今她已是国家一级作家，正高职称。写作之余，她还画水彩画。

我和雪漪，台北参会，一见如故。2004年7月我们又一起参加在贵州举办的世界华人散文诗笔会，之后来往频繁，成了因诗歌而结缘的忘年交。

我和雪漪在贵州黄果树瀑布

我和雪漪在贵州开阳

2006年9月，我和雪漪应邀参加在蒙古国乌兰巴托举办的第26届世界诗人大会，途经锡林郭勒盟锡林浩特市，从锡盟的二连浩特市口岸出境。

我和雪漪（左）、唐丽（右，大儿媳董胜的朋友，陪同出行）在二连口岸。

由于临行前突然找不到护照，雪漪拜托她在二连的大学同学李维协助办理。照片是李维送护照并陪同参观二连国际原油列车换轮基地。

2007年9月，我又和雪漪参加了在印度马德拉斯举办的第27届世界诗人大会。我们同在会议组织者提供的大巴车上，面前插的是印度的名花——凤凰木。此花，是一个印度先生亲自撇下来送给我们的。

后来，收到小雪漪写给我的一章散文诗《爱是一只探及心灵的手——致幼殊师》，透意出我们一路走来的忘年交情缘。

# 黑　马

## ——答谢对获奖的祝贺

黑马，
你是一种怎样的动物？
你说你不是马，
可还有什么特异之处？

我是马，
只不过有乌黑的皮毛，
在白马王子和红鬃烈马之后，
人们突然看见我了。

黑马，
你闯入了人们的视野，
迟迟而至，不疾不缓，
一团黑，像一阵烟？
像云，像烟，我不起眼，
但已无处躲藏，
当马儿们都奔腾而下，
从那高高低低的山冈。

黑马，
披着这深黝的颜色，
飘扬起黑的鬃毛，
是你着意的选择？

我无可选择，
我只是一种有血有肉的存在，
不羞愧，也不得意，
多么美丽，那些浓浓淡淡的色彩。

黑马，
那鲜花，你可看见了？
那迎着你的
鲜花和微笑？

鲜花，啊，可爱的存在，
花里花外，洋溢着微笑。
我为鲜花，更为爱花的人们祝福，
在思念中世代不凋。

2005年7月23日

北京　芳古园

上海《文学报》记者徐春萍在该报2005年6月30日所刊《文学之夜，光荣激荡梦想——第三届鲁迅文学奖颁奖晚会侧记》一文中褒称我为“黑马”，遂有此诗作答。

---

2004年12月，《幸存的一粟》诗集被授予第三届鲁迅文学奖全国优秀诗歌奖，我实在是没想到。评委们给了很高的评价，让我抱愧。

2005年6月底，我应邀到深圳参加颁奖活动。在上台领奖时，主持人让我说几句获奖感言。她先说：“您的获奖打破了这样一个思维定式——诗仅仅属于年轻人。”这正好给了我一个说话的台阶，我答道：“您说得很对，年轻人往往都是诗人，但不能倒过来说，年纪大的就不能当诗人。”边说我边面向与会者们：“如果您有一颗年轻的、爱诗的心，您就会继续年轻，继续爱诗。我很感谢中国作协的评委会，没有把我当‘外来户’看待。我也很高兴，能在81岁时站在这里，成为21世纪的‘文坛新秀’。”下面有听众提问：“什么人才是诗人?”我笑着回答说：“诗人也是人，不过会写几首诗而已。”

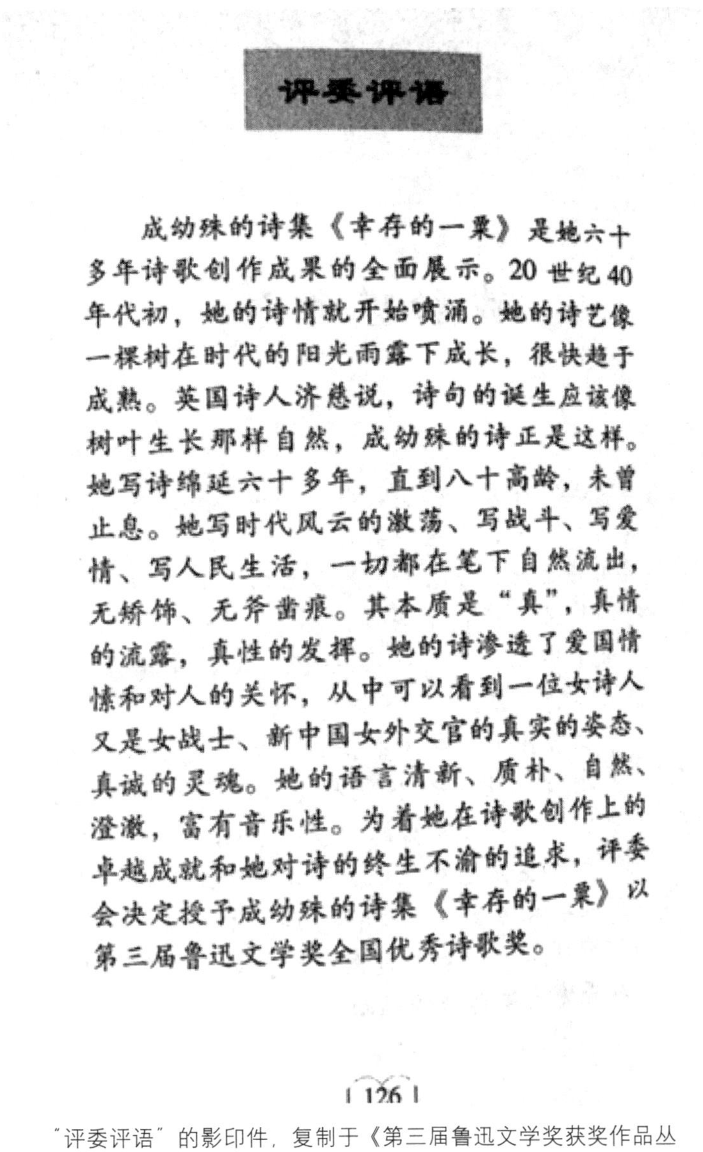

评委评语

成幼殊的诗集《幸存的一粟》是她六十多年诗歌创作成果的全面展示。20世纪40年代初，她的诗情就开始喷涌。她的诗艺像一棵树在时代的阳光雨露下成长，很快趋于成熟。英国诗人济慈说，诗句的诞生应该像树叶生长那样自然，成幼殊的诗正是这样。她写诗绵延六十多年，直到八十高龄，未曾止息。她写时代风云的激荡、写战斗、写爱情、写人民生活，一切都在笔下自然流出，无矫饰、无斧凿痕。其本质是“真”，真情的流露，真性的发挥。她的诗渗透了爱国情愫和对人的关怀，从中可以看到一位女诗人又是女战士、新中国女外交官的真实的姿态、真诚的灵魂。她的语言清新、质朴、自然、澄澈，富有音乐性。为着她在诗歌创作上的卓越成就和她对诗的终生不渝的追求，评委会决定授予成幼殊的诗集《幸存的一粟》以第三届鲁迅文学奖全国优秀诗歌奖。

126

“评委评语”的影印件，复制于《第三届鲁迅文学奖获奖作品丛书——诗歌奖》第126页。

在深圳第三届鲁迅文学奖颁奖会场，接受主持人黄薇采访。

优秀诗歌奖获奖者领奖

左起：成幼殊、屠岸、郁葱

这图是诗友高野所赠。左侧所题字为：

赠幼殊诗友：右为徐悲鸿的油画，下为我摄的照片“黑马”，作为你的隐喻，再好不过了。

高野

2006年5月我给高野的信，记录了因《黑马》这首诗，引发了我们诗友缘分的一段由来。

高野诗友：

又收到了你刊于《门外》的三纸（六页）诗，继从电脑上发来的十七首诗之后，还有黑马的画和像，还有既是批注，又是简短的文字，写于纸上的话语。

你的这批诗作，似乎抒情的意味更浓些。你已是台湾诗刊《门外》的得力支柱。很高兴，他们欣赏并看重你的诗。由此，也可以说明，你的诗作的发表，与我有没有什么影响完全无关。

这五首诗中，《相同的仅仅是毛色》赫然在目，令我慨叹。这诗写得很好，一片真情，哪里像是出自七十多岁老爷子的手笔？只是我实在愧不敢当。如今再谈，还是这样的感愧。也就是幸好由于这种感愧，我曾忽然醒悟，不能把你的“黑马诗”，给我的，特别是这一首和我的“黑马诗”一同在《延安文学》发表。否则，难道我真认为自己是高昂的马，而你却是啁啁啭啭求师的乌鸡吗？那太可怕了。于是我发电子信给《延安文学》的成路紧急刹车，并即把那信邮寄给你。

可是，我又一直忐忑着，怕伤害了你——那是不公平的，也不是我的本意。承你包容，不以为意，还一直惦着我，如今又让我看到了这首已发表于台湾的“黑马、乌鸡诗”，实在感动于你的执着。并不是我不想早些写信给你，而是因为要说的太多。你还提出了那么多问题，关于诗的，关于诗论的……而我在打发完每天的吃饭、睡觉、来往、“急务”……之后，已无力应对。请原谅。

这信原打算只写一件事，一页，但都容不下。且学你的办法，利用边角，算是别具一格。

附上我的《遗墨》等两首，刊于今年第3期（五月）《散文诗世界》，刚收到。我这诗刊于此应属滥竽充数，因实非散文诗。

问好，全家好！

成幼殊

2006年5月25日清晨

附：高野的十四行诗《相同的仅仅是毛色》

## 相同的仅仅是毛色

当我们的夕阳正冉冉辉映时
在繁忙人生中寻得了一点点空隙
我们合作在圣地“诗意的栖居”
虽然说不上千载难逢的机遇
但也是不可多得的邂逅知己

夕阳下的黑马虽已卸鞍
仍在开拓的路上奔腾不息
我也学着她那奋蹄的样子
陪着黑马的飞驰再走一程
走过黄昏走过晚秋走向诗的目的地

黑马光明的四蹄和黝黑的毛皮
我只是有着同样毛色的农家乌鸡
你悠长的嘶鸣是高音E调的颤音
我的啁啁唽唽那是央求着拜黑马为师

2006年2月19日

西安

2009年，我应高野之约，为他的诗集《一棵花落的树》写了一篇序言《是树，也是煤》。

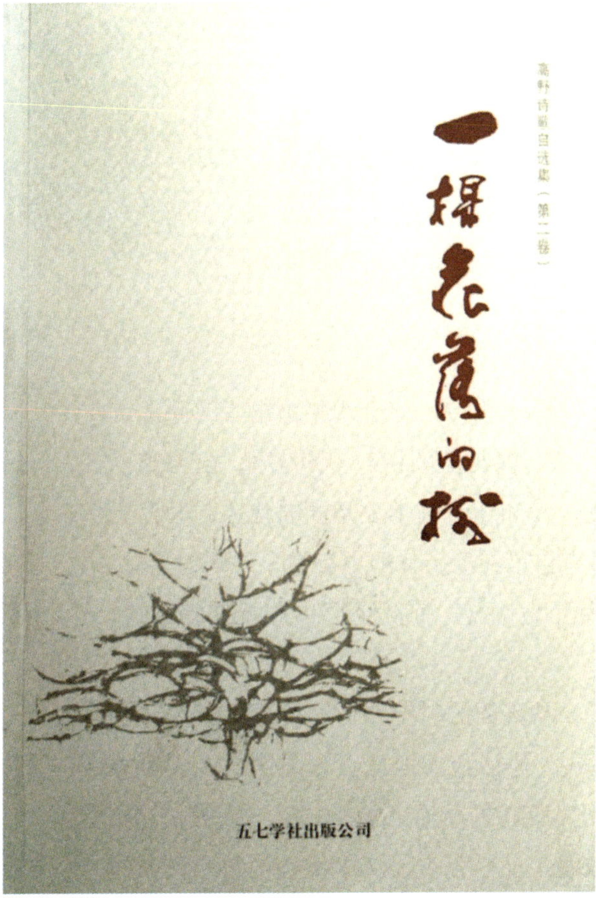

# 是树，也是煤

——序高野诗集《一棵花落的树》

是树，挺拔茂密：花落，伴随思念叹息。不是一般的叹息，因为，花是横遭风暴而坠地。

是煤，沉重乌黑：仍蕴含着太阳的光和热。

这是生命和正义的歌。

作者高野迟来诗坛，勤奋为诗，继于八年前出版《膝上诗稿》后，现又捧出这部《一棵花落的树》，嘱为序。虽力难以胜，也不能推辞。毕竟，我和作者基本上是同时代人，同存于这片中华大地，虽然各有自己的经历，但更有许多共同的感受，特别是对诗的沉湎，而互为诗友。何况还可借此祝贺并倾谈，并就教于读者。

在作者不少诗篇中，从不同的时空和角度表述了1957年的“反右运动”对他的摧残。他被荒谬地从百分之四扩大到百分之十的比例中，超额列入所在凤翔师范的“右派”队伍。曾转辗于四座监狱，然后被编入马栏劳改队。22年后得到“改正”。而他只是全国55万“右派分子”之一。这就是他为什么会从《一棵开花的树》，提前沦为《一棵花落的树》。

但是，这棵树即使被埋压成煤，仍唱着：“我原本是一片翠绿/历史的灾难把我压在十八层炼狱/从那时起/我便学会了在底层黑暗里沉思……”其后他唤出“大地啊我的母亲/我黑我白你从不嫌弃”，以至“我愿意为生我养我的大地/焚身碎骨全不惜”。

本文中的插图复制于《一棵花落的树》一书，以下几幅同。

高野在一些诗中自称为“70后”，就是说他是七十岁之后的诗人，意指他只是近年来才几乎全身心地投入于诗歌。其实，他在被定为“右派”遣送劳教时就已经写诗了。不过，他当时是把诗稿藏在被褥里。这样的经历，表明他诗的功底并非得自一朝一夕。

高野不是一个孤立地在写诗的人，他所写的对于往事的真实记忆，属于我们整个时代、整个国家集体的共同的记忆。他忠实于自己的记忆，并且，用他自己的话说，是“把记忆当作一种联系和贯穿过去、现在和未来的一种自我叙事的手段”。而美好的未来正是从那不堪回首的磨难中“诞生的”。他在《戏答木斧先生》中咏唱：“我记忆的窗口/不如说历史的‘伤口’更合适/她是珍珠姑娘推开的两扇蚌扉/临风打开了一生苦难的自己/交出蚌壳关闭已久的记忆/这是她一生中最后的一次展翅。”即使老诗友祝愿他“从记忆的窗口跳出来”，他考虑即便跳，也“首先要把展望的视线放开/去看看我那牵肠挂肚的苹果树/能不能在明年的春天挂上果/苹果的行市能否重新复活过来”。在诗中，他幽默地设想“跳”的姿态和过程，而不忘提醒“我是住在五十七楼旧宅”。他最关心的仍然是国家和社会美好而昌盛的未来。

在高野的一首拟物诗《麋鹿的遗言》中，所载露的心意几乎可以称为“愚忠”，但实在也是一种反讽。诗从一开始就预示了两位主人公的胜负：“你若是那居心叵测的猎户/我便是你梦寐以求的猎物/谁叫我有善良的心和珍贵的毛裘/是祸是福/一条不容自己选择的路。”当我们遗憾地看到这麋鹿“为同情你日以继夜的苦苦追逐/为感激你对我的倍加关怀和爱护”而“委曲求全地为你停下疲惫不堪的脚步”，最后就只好听到“让我死吧”的呼声了。也只有这样，它才能“解脱那难熬的恐怖”。更令人遗憾而且费解的是，在垂亡的哀鸣中，它竟说：“死在高科技的枪口我已满足”，“何况死在神枪手面前/那是我今生今世积下的洪福”。人们不禁还要问，难道当“我的皮肉就算是彻底贡献”了，真是“我的灵魂也就有了永远安息之处”？读者似乎便听到感恩赐死的叩头声，并思索其在某时某地的真实历史，同时想到某些传承和普世的踪迹。人啊，什么时候才能前进和提升自己，涤荡这种只存在于人类社会的荒诞，还生命以尊严呢？

从《滚铁环》这首诗中，可以看到高野的《遥远童年》滚动在(作者)辽阔记忆的边缘。他叙述，“那时候　难忘的一九三九/家住的村庄在东洋铁蹄下沦陷/战场上　拾得一个炸药桶上的铁箍/加上二尺自制的驾驶竹竿/推呀/滚呀　要把这个金属环/推掉那个箍人的‘东亚共荣圈’”。从高野的另一首诗《暮色苍茫——夕阳下的梦乡》里，我们又看到“在暮色的浮光掠影中/邂逅了我那消失的童年”，而“就在这暮色里，鬼子来了，老汪来了/就在这暮色里，送走了父亲去后方抗战”。那时候，“我（作者）幼小的身影被夕阳扯得很长很长/被肥胖的祖父扯回掌灯的家园”。诗中还描述了他曾在村南老林前重见的三妹，当年“她那橄榄般的身板被夕阳染上电波般的条斑/她那青鱼色的小辫，在余晖中一闪一闪/我们来了个老鹰捉小鸡的游戏/她那赤裸的脚丫，忽然被枯苇羁绊”。

高野原本就是一位画家，他诗中的画境应属信手拈来，即便在他童稚的记忆中，情景就如此朴素而神采流溢。不能不说诗心画意早已蕴含于他的禀赋之中。

童趣并画意更充沛于高野的《答小外孙女南姑问》一诗："你问，非白的'白'是哪个白/我想是白兰地的'白'。Brandy/是采选葡萄和苹果酿造出来的精彩/也可能是白开水的'白'/他喜欢浅白而非浅薄的诗意情怀/在洁白与清白之间呈现着透明的非白"。若非画家，恐怕很难解释台湾诗人"非白"这个名字。而在其后的一节诗中，他又从太白山的白，跳到"太白的酒和白云间的月色"，再落到"他的诗，有时在山外，有时在门外"。这"门外"正是非白所主持的诗刊的名字，高野得来全不费工夫。

在高野众多的咏物诗中，我觉得《草帽》是特别的短小而犀利的一首诗。全诗为："麦秆，昨天献出了粮食/今天又编织成草帽/可算出身、行为都好/大批判之网也没把它漏掉/批它，专把红太阳遮了/批它，又把春之喜雨挡掉/批它，骑在人的头上作威/批它，风吹雷动就会离开首脑/一腔怒气还是一阵狂风/把草帽卷入海的怒涛/它颠簸浪里不甘沉没/不白怨气在波澜里至死不消"。作者对这种欲加之罪何患无辞的嘲讽，可谓淋漓尽致。

在高野的诗中，还有不少友情的唱和，与难友，与诗友。前面已经引述他给诗画家兼丑角票友木斧的诗。我也有幸得到他诗的馈赠，并蒙收录他的诗集。其中有与我的诗作同题的《幸存者》，从受难而幸存的角度发出共鸣。我以"由于有不幸者，才有幸存"的悲叹和对不幸者的感激，来归结就"侥幸"而发的沉痛诘问。他的诗更强调了"只有抗拒遗忘"才能有"警示作用"。

高野还在《黑黑的骑手》以及《时代骄子》《致诗友》等诗中，表达他对我《黑马》等诗的欣赏。而其中后两首诗是他的"70后"的身份致我这个"80后"的。倘若把这两组数字解读为出生于1970年、1980年之后，我这个“80后”就要算比他年轻。但他所指的为70岁、80岁之后，那么，出生于1924年的我，当然就是年长于他的了。然而，我和高野怎说都已处于把那可爱的猫和蝴蝶作为标志的耄耋之年。我们仍能在作品中互动诗文总是有趣和愉快的事，应该就属他称为“互文性”了。在高野的《往事堪回首》一诗后，他又点出我的一首《回应——得屠岸赠诗〈纪念坊〉后》，有“互文性”关系。可以看出，这

表现在高野诗中的“谛听着我这渺渺的诗韵”，“你那朝圣者的脸庞却更加睿智/迫使在‘友’的前面缀上一个‘老’字”等诗行，而我在《回应》中唱的是“谛听/渺渺诗韵——难道真是我的声音？”“你何尝改变模样？ /只是更睿智，更透亮/一个‘老’字，只加在‘友’字之上”。这也可以称之为互动、互义或互文。正如高野在“自注”中强调的那样，“互文是心仪而明火执仗，互文是盗窃但温文尔雅，互文是复述却曲折隐晦”。他把“互文性”（Intertextuality）看作是写诗技巧的第二渊薮。

高野的诗作中，有的标明是仿某某人之作，相比这也是属于互动、互义、互文。同时，这样的“模仿”之作，仍会有其创造性。反过来，创造之作中，也难说全无模仿。难道在文化传承中，能出现百分之百的“新”吗？那又会是怎么样的作品？当然只能气质鲜明地提倡创新，模仿也是为了创新。没有创新就不称其为创作了。再回到高野的诗作中，其长处是能于平实中见创意，可见于前述例举中。至于有关发明和发现的议论，我认为应属于另一范畴。不过高野告诉我，罗丹说的“美在于发现”，只是创作前的一个环节。我想，这种“发现”是与中

国人的“妙手偶得之”，甚至幸而能“常得之”相吻合的。

最后，我还想在这里提到高野这部诗集中一个特别令我注意和感动之处。那倒不是指某一首或一行诗，而是作者在前言中所说的一件事，即：原答应为他写序的刘蘅老师，不幸去世而未果。作者说刘“倒不是因为我的诗写得不错，反而认为我的诗不够好，才答应作序的”。我憾不能读到这篇是肯定是坦诚的序文，同时，也赞赏作者高野的坦白。的确，我们总要从不够好中寻找更好，才能进步，才能持续萌发新枝。关于高野所咏唱的树和煤，让我也用自己几行有关的诗作为回应：“森林被打入地下/尚且化成煤，不能泯灭/更何况活跃的、神奇的动物——人类！”(录自《冻雨敲窗》)

愿与高野诗友共勉。

2009年9月于北京芳古园

# 天涯海角之谜

天之涯
难道这蓝蓝的天
到此就把他的边缘卷起，
像拈起一根海藻，
像抱起他的妻？

海之角
到此就该停下步履？
那大大小小的鞋和脚
也都该与笑语一起
挂上树枝和石壁？

啊，天涯海角，
今天平安而浩渺，
明天，变脸？
海啸何处？
千古“人啸”多少？

携手，缓缓
穿石洞，过窄桥，
绿枝垂荡，
岁月难计，
只莫待海天皆老。

2005年12月30日至2006年1月5日提笔于海南岛三亚解放军四二五医院陪同鲁直暂住时，成于返京后。

---

2005年年底，小儿子征天一家陪同我们二老游三亚。不想，鲁直出鼻血不止，住进医院打针止血，勉强乘机回京后，居然就没事儿了。

征天全家和鲁直在三亚

幼殊摄于天涯石

# 遗　　墨

——致亡母

不比作蛇龙且游且舞，
却说是泉响雁过，
是月推枝影扶疏，
母亲，你这行书。

八十年前遗墨，
“五四”风云下
青春的吟唱，
当你还是位大学生
提笔写信几行。

居然收入了
名家文集，
得见天日

是惊是喜？
让我把你摇醒，
轻轻，轻轻，
母亲。

你培育了我，
自己的豪情，
却掩于战火，
潜于锅台，
我怎么没想到
该搀扶你
濡墨运笔终老
常把宣纸铺开？

沧海遗珠
掩埋，掩埋，
　见光彩。
惜岁月
不再。

2006年3月21日

北京　芳古园

注：先母杨璠（致殊）于1920年5月3日用毛笔写给当时为北京大学教授胡适的信，近被发现已收于黄山出版社2004年印行的《胡适遗稿及书信秘藏》一书。她当时是北京女子高等师范的学生，参加了李大钊领导的工读互助团。信件内容是请胡适为她所在的该团第三组提供所允垫款。

1955年，我去印度途经广州，与母亲、朋山、红十合影。

# 关于两件遗墨

我本只知道我母亲早年在北京念书的时候，参加过李大钊领导的勤工俭学活动，但不知其详。而母亲好像真的是在实践“好汉不提当年勇”的样子，从来也不说她这些往事。时间匆匆，80多年过去了，所幸前些日子我表姐杨静远给我寄来了几张复印件，原来是母亲作为北京女子高等师范学校的学生，在1920年5月，先后写给胡适和李大钊的毛笔信，署本名杨璠。而静姐是在查找她父亲，即我母亲的二哥杨端六先生写给胡适的信件时偶然发现的。我母亲信中所谈竟然有关勤工俭学，虽然说的只是些具体的事情。

一是关于经费。为了她所在的工读互助团第三组，要求胡适提供已允垫款。这事在她其后写给李大钊（守常）的信中也谈到。看来或许李大钊曾把母亲给他的信转给胡适，因此作为胡适收母亲函的附件，一起编入了黄山出版社2004年印行的《胡适遗稿及书信秘藏》一书。

二是说工读互助团第三组里有两个学生要求到北大文科“哲学门”旁听，已向蔡先生（应为蔡元培校长）提起过，请李大钊与蔡先生商妥复告。信中还强调允许旁听的事“占个顶重要的地位”。这事也与胡适有关，因任教北大的胡适在美国康奈尔大学留学时已由农科转攻哲学。

致胡函日期是5月3日，行书而竖写；致李函日期是3月22日，小楷而横写。

作为女儿意外得见遗墨，确是福分。同时，也自责，怎么

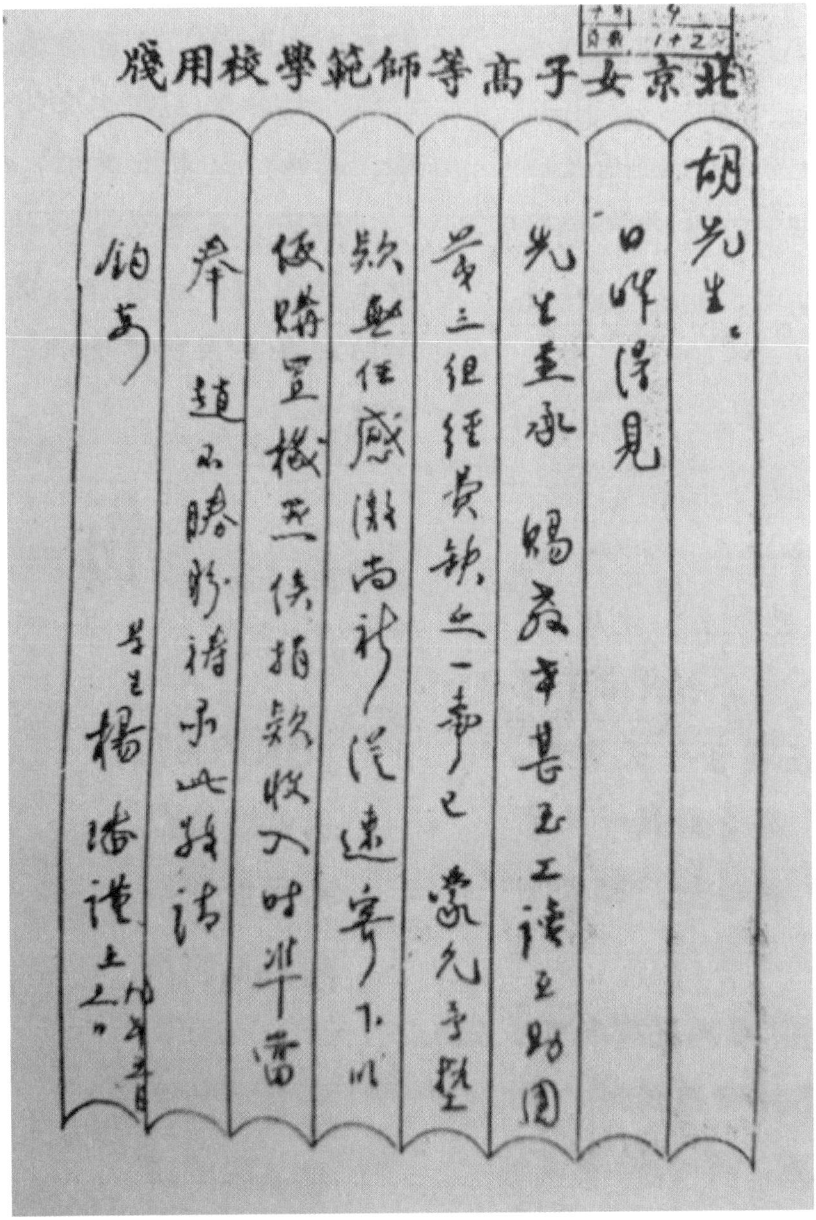
北京女子高等師範學校用牋

胡先生：
日昨得見
先生並承 賜教本甚至工讀互助團
第三組經費缺乏一事已 蒙允爭墊
款無任感激尚祈 從速寄下以
便購置機器俟捐款收入時當
奉 趙不勝盼禱耑此敬請
鈞安
學生 楊潞禮 上 八月五日

当年母亲写给胡适先生的信

过去竟无视于母亲年轻时的经历？记得的，只有些她偶尔说起的事。如，她在北京念书时常于深秋买来柿子，晚上和几个同学围坐在宿舍小火炉旁，把那些已冻硬的柿子烤来吃。这使我每看到秋叶丛中那黄灿灿的柿子，往往会想到母亲。也会想，她那个时代的北京，是比现在冷多了。

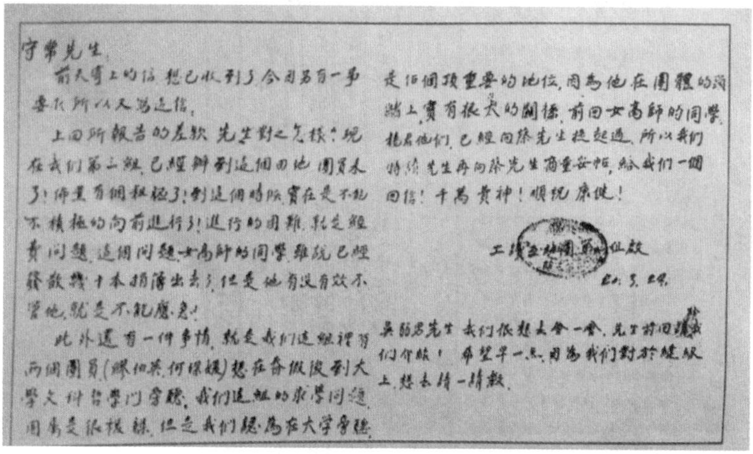
守常先生，
前天寄上的信想已收到了。今因另有一事要求，所以又写这信。
上回所報告的募款，先生對之怎樣？現在我们第二組已經辦到這個田地，團員太少了，倒是有個积极了！到這個時候實在是不能不積極的向前進行了！進行的困難，就是經費問題。這個問題女高師的同學雖說已經發款幾十本捐簿出去了，但是她有沒有效不管她，就是不能應急！
此外還有一件事情，就是我们這組裡有兩個團員（繆伯英、何孟雄）想在暑假後到大學文科哲學門旁聽。我们這組的求學問題，固然是很根本，但是我们總認為在大學旁聽是佔個頂重要的地位，因為他在團體的前途上實有很大的關係。前回女高師的同學推君他们已經向蔡先生提起過，所以我们特請先生再向蔡先生商量妥帖，給我们一個回信！千萬費神！順祝康健！
工讀互助團第二組
吳弱男先生：我们很想大會一會，先生肯回請我们吃飯！希望早一點，因為我们對於健康上想去請一請教。

当年写给李大钊先生的信

我也没有足够珍惜她那一手好字，帮她发挥所长，得到愉悦和安慰。虽然，我途经广州时听她说过，年终岁末为邻居写春联。那是20世纪50年代的事了。我在驻印度使馆工作，出国、回国，总去看望她和我婆母许鼎女士，她俩照管着尚未随父母迁京的一双孙儿女……如今，往事悠悠，只有以《遗墨》一首，致亡母，并愿天下做子女的人及时多关注一下自己的父母，莫待“此事成追忆”而惘然。

同时，也有感于两封书信所透露的“五四”时代那些师生之间的平等精神，这也正是我们今天所寻求的合理的社会关系所需要的，它闪现着把理想导入现实的光辉。

2006年5月

# 古大都·昙花

九月雪，飘落在蒙古国的古大都哈拉和林，
忽必烈汗从这里奔驰而出，建元大都，就在燕京，
距今八百年，他祖父成吉思汗开国，铁马纵横，
今夜，是谁在这大而圆的月亮下，为我们
绕着楼前篝火，跳神？

身处哈拉和林，月映大漠、牧野、堂庙，
在北京，我家那含苞的昙花是不是开了？
花的精灵，趁月色来度中国鬼节？
本该是中秋夜，倘若没有闰七月，
环球，月照样圆，冰清玉洁。

面对古大都的月，惦念家中昙花，
只是路迢迢，已来到毁而复修的大汗故家，
他们当年强弩在手，骏马浩荡，远征扬威，
待到诗会落幕，飞行器送我南归，
而我那昙花已下悬，低垂。

浅黄月白，花瓣收拢，静如玉簪，
又如垂露，一道淡墨直落，发自羊毫笔端，
长叶是你的天花板，也是你的碧空，
自在天地，任凭宇宙恢宏，
是不死花？悠然而从容。

远眺九月飘雪的古
大都哈拉和林遗址

我在哈拉和林遗址

可曾见过昙花？遥问哈拉和林，
可知她的一生，匆促，和平？
而她，如在幽谷，也没见过你或任何人，
仅仅深夜一笑，就遁入永恒，
谁能是无所不在的神？

2006年9月22日至10月5日
北京　芳古园

9月1日赴蒙古国参加诗会，离家10日。其间曾随众从乌兰巴托去大草原，得访哈拉和林，怀着历史的沉重而作。

我拍的哈拉和林远景

我家的昙花盛开

两张我家盛开后的昙花

前面的《我和〈秋水〉》一文中写道：“没有想到的是蒙古国青年诗人森·哈达也能用中文写出优美的诗，并早已是《秋水》的一位重要诗歌撰稿人。”我和他起初是在2006年赴蒙古国乌兰巴托参加第26届世界诗人大会中相识，后成为知交。

“涂静怡在2012年领队《秋水》诗人们访问北京，我参加了北京的诗会。随后，他们一行又去了蒙古国。哈达在蒙古更是尽地主之谊，全程陪同，畅游全境，行踪直至我有幸也去过的哈拉和林，那当年忽必烈帝从这里统领金戈铁马、驰骋亚欧的古大都……”

后来，森·哈达又来我家看望我，这是我们的第三次见面，这张照片就是合影于芳古园我家。

2007年，在森·哈达的协助下，我出版了4种文字（中文、英文、蒙古文、斯拉夫新蒙古文）的诗选集。

我与哈达

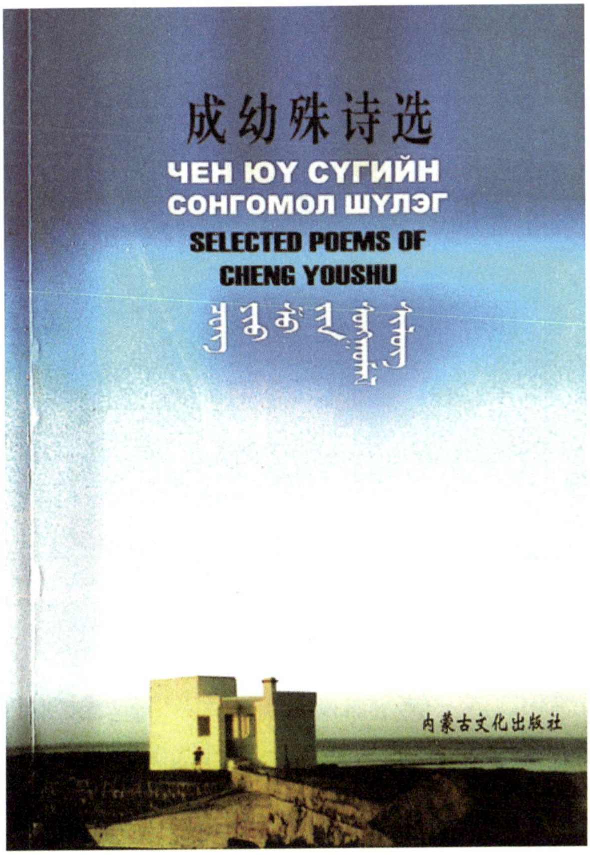


**成幼殊诗选**

成幼殊 著　成幼殊 英文译
森·哈达(C.XAДAA)(Sendoo Hadaa)斯拉夫新蒙文 译
那·乌力吉德力格尔 蒙文 转写

出版发行 内蒙古文化出版社
（呼伦贝尔市海拉区河东新春街 4-3 号）
直销热线 0470-8241422 邮编 021008
印刷装订 北京京华印刷厂
责任编辑 乌力吉
封面设计 苗明
装帧设计 北京翰龙翔工作室
开　本 787 × 1092毫米 1/16
印　张 11
字　数 160千字数
2007年12月第1版 2007年12月第1次印刷
印　数 1-1500册

ISBN 978-7-80675-506-8/I·328
定价：20.00元

# 夜听火车

——怀公刘

火车行进着，又一次，让我遥听到。它穿过暗夜，只有一弯新月的暗夜，轮毂颤转着，那顿挫，那节奏，而远去。“半是痛苦，半是痛快”，车中人，你，在最后的一首诗中这样唱着，也远去了。

火车行进着，那轮毂颤转着，是鼓点？是雨点？敲响人生的键盘。偶尔响起一声嘶鸣，我冬夜的窗不能阻挡。半是壮烈，半是凄凉。

火车，轮毂颤转着，穿山而来，跨水而来，从一马平川奔驰而来，又驶去了。你，当年在香港的流亡学子，那时你我初识，唱啊，直唱到长须飘垂。迎着共和国又随着共和国一路走

内蒙古集通铁路公司小诗友罗平飞提供

来，终于去了。你这最后的歌声，让我能想见那一格格灯光摇曳的车窗，由一系列的车轮托举着，越过京城难觅的城墙遗址(岂不过了我熟悉的东便门?）循大道，依铁轨，直赴终点。半是荣耀，半是叹息。

怀念你，热血诗人，老朋友，公刘。

2006年12月至2007年1月

写于接读公刘爱女刘粹所寄《公刘诗草》

和《公刘纪念文集——诗在你在》之后

《诗刊》2003年5月号上半月刊，中国诗人栏目，公刘卷的首页。(照片／冯增荣摄)

---

首页介绍文字：

公刘（1927—2003），江西省南昌人，本名刘耿直。1948年加入中华全国文艺家协会，1953年加入中国作家协会。1957年被迫中断写作生涯，长达22年。任第三、第四届中国作家协会理事，第五、第六届中国作协名誉委员。其代表作有诗集《边地短歌》《在北方》《离离草原上》《仙人掌》《公刘诗选》《我想有个家》《公刘短诗精读》，短篇小说集《国境一条街》，电影剧本《阿诗玛》《望夫云》，评论集《诗路跋涉》《诗与诚实》，散文随笔集《酒的怀念》《活的纪念碑》《纸上声——公刘随笔》，杂文集《正题歪作》《不能缺钙》，报告文学集《裂缝》，等等。创作成果丰厚，共出版文学专著近40种，并获多项文学大奖。另有中、短篇小说、诗歌、评论、随笔等200余万字尚未编集。部分作品被译成英、法、德、俄、日、西等多种文字介绍给世界。亦曾代表中国作家出访前南斯拉夫、联邦德国和美国等地。

# 第二辑

一百减一等于零，
多么好的座右铭！
……
追求，追求，
从否中求有，
从有中弃否，
天人携手。

——引自《航天人的一百减一》

鬼斧神剑造就的太鲁阁别样山河/董胜摄

# 太鲁阁，美的河

太鲁阁，是怎样的楼阁？
是高高的，云雾绕着？

不，原住民这样叫，
意思是美的河。

啊，山水相叠，太鲁阁，
可不仅仅是河。
水从高山淌下，
峡谷里，卵石巨石累累，
清泉或无或有，
人行道，傍着车道，
层层穿现于
绿的漩涡，
偶见疏枝映碧空一角，
低头，有地衣湿润，
把山石缠裹。

谁能说，是怎样的
鬼斧神剑
把大理石砍破？
道路迂回，
引出了别样山河？

谁能说，顶天立地，
这岩壁上
一幅幅天然巨画，
是何方神灵创作？
看帝王威严，
宝马龙车，
看迎宾大典，
英豪齐乐，
还有那哲人低眉，
悲悯苍生，
女郎玉立，
又舞婆娑。
忽隐忽显，
画随人移
云中花朵。
太鲁阁，
是我破解了你，
还是你
迷惑了我？

告别美丽的河，
不是阁的太鲁阁，

访寨，进店，一路向北，
绿枝连绵，
忽见大朵白花满树，
株株相连，
沿坡而下，
迎我又追车送我。
树上白花层层，
树下落花铺遍，
回首问，
什么花？
啊，原来是
油桐盛开，
当地人叫
五月雪。

是的，暮春初夏，
五月雪，
奉献的雪，
引领着那窦娥的
六月雪。
天赐的
无辜和圣洁。

油桐树
秋天会挂起
青青的球。
当诗仙李白
登采石矶*
临江捞月，
不知是油桐着花
还是挂果的
时节？

我，曾作为一名
小学生，居然
也到过那采石矶，
不识油桐，
以为发现了板栗
好欢喜，
却从而
初识了油桐。
当年一个傻小丫，
紧跟着老师，
和一群叽叽喳喳的
小学友
一起去秋游。

神驰江北江南，
油桐树，桐油，
就是它，
把雨巷中的伞
涂抹，
滴水不透，
从春，到秋……

车簸惊梦，

车中仍然是
校友怡然，
虽然个个华发稀疏，
窗外仍然是
油桐花满目。

能不能
以心为勺，
舀起那五月雪，
祭奠
开山筑路的
未归人？

在太鲁阁
如同在滇缅路？
他们从硝烟中来，
又挥斧挥汗，
而归于寂静。
开辟文明，
大千世界，
长存。

2007年5月14日至8月8日

北京　芳古园

4月25日至5月2日与一批60年前上海圣约翰大学的老校友们应台湾圣约翰科技大学盛情邀请，一同参加校庆，并得畅游位于花莲县的太鲁阁等胜地，归后断续成篇。

* 采石矶，距南京40公里，建有太白楼。

鬼斧神剑造就的太鲁阁别样山河／董胜摄

# 从 哪 里 来?

## ——赠别台湾圣约翰科技大学的校友们

流光溢影，
笑眼，一双双，
身姿也在说话。
从哪里来，
这稚气未脱的
一群？

从你们的身后赶来，
爷爷，奶奶，
在你们不经意之间，
从那岁月奔流的
岸边。

啊，含着惜别的意，
孩子们，
往哪里去？

往你们的前面去，
奶奶，爷爷，
背着你们的花和果，

去做新探索，
一起汇成宽而长的银河，
生生而不落。

啊，孩子们，
世间何其浩荡，
且持浩荡的心，
还请记取
我们的坎坷和无奈，
奉献而笑对人生。

2007年7月19日至8月8日
北京　芳古园

---

2007年四五月，在台湾参加圣约翰科技大学校庆期间，我到世新大学，为父亲扫墓，还在露茜的陪同下，参观了成舍我纪念馆。当时露茜已是患病治疗之后，但仍十分乐观。不想，2010年1月27日露茜离开了我们。我长露茜15岁，心痛不已。到2011年4月写了一年多的《断续书简——给露茜》终于完稿。

# 断 续 书 简

——给小妹妹露茜

## （一）

飘风冻雨，随后是丝丝寒意，一个冬季，又是一个春季。你辞别我们已经一年，今又逢春……

再度披上你送的大红睡袍，为尚待暖和起来的夜增加一点暖意。这是太阳的颜色，也映出你的笑容。

在追忆中，记得第一次见到你，是在香港九龙钻石山上的一所住宅里。那已经是六十多年前的事了，你那时还是个小学生，圆圆的脸，短发，刘海儿覆额。我在南京上小学的时候，不也是这个样子吗？哦，这个似乎熟悉的小姑娘，就是我的小妹妹了。

当时和你在一起的，还有你的小姐姐嘉玲，小哥哥思危。我在这里当然见到了父亲，并第一次见到了你们三兄妹的母亲萧宗让女士，觉得嘉玲长得很像她，而你似乎更像父亲。

时光跳到了三十年后的1979年，露茜，居然就在你位于洛杉矶的家里，我们相聚为父亲齐唱祝寿歌。在父亲的五个子女中，虽然大姐之凡没到，但也送来了鲜花。遗憾的是你我的两位生母都没能等到这一天。

你的手指在琴键上欢快地跳动，伴着歌声，似乎暂时涤荡了“生逢战乱伤离散”的历史之痛。那是父亲一年前所做《八十自寿》里痛楚的一句，而你，这时已是他在同一诗中“老盼菁英致太平”所企盼的一名翘翘者，更成了把我们这个离散的家拉扯到一起的第一功臣。这年，我刚被派到纽约的中国常驻联合国代表团工作。

（二）

露茜，你穿梭于中美之间，第一次破冰来到北京是在1972年。我和思危都不在北京。我得到单位的通知，从江西上高县五七干校自办托儿所“老师”的岗位上赶回北京，思危是按通知从天津化工研究院的“牛棚”到京。我们是在何等的惊喜中相见，你双手搂着思危的脖子跳了起来。我年近八十的母亲杨致殊（璠）女士，欣慰而又感慨地见到了这一幕。她与父亲因“性情不合”离异已经四十多年。

你第一次来到我家，那位于城东豫王坟的，有着一排排四层住宅的外交部宿舍院落。那年代，境外的人前来还不多，你的到来一般人也不知道。可是，今春，当思危的儿子成朋，也就是你的侄儿，翻开刚由嘉玲托人带到北京的《灿烂时光：Lucie的人生探索》，一眼看到第51页的一张照片时，不禁脱口而出：姑姑，这不是你们家吗？

露茜1972年回大陆寻找哥哥，左起：思危、露茜、思危女儿成卓、我。（复制于《灿烂时光》一书）

照片就摄于豫王坟宿舍楼前，其中有思危和你，还有成朋的妹妹成卓和我。成朋小时候也来过，住过。难以置信，三十九年之后，长得颇像思危的朋朋早已为人之父，照片仍然托着我们家的实情浮出了水面。

记忆往往会缺失，有时甚至不可靠。说实在的，我就不记得和你们有过这样一张照片。我记忆中，倒有一张后来和你及思危父女同游的照片，那是我们一起去宛平、卢沟桥，并去昌平，在通往十三陵的大道旁，背靠一座浑厚石雕大象拍下的。当时，是你从你那即晒相机上扯下，把一张照片给我，还让我把另一张给大姐之凡。也已久未相见的她，收到后惊讶地说，还以为是什么好莱坞的图片哩。

## （三）

脉动牵连，如地火运行，隐于突然后面。露茜，原来在你1972年来北京的四五年前，父亲已经从媒体上得知鲁直和我的下落。我家杨姓挚友际光后来从美国来信，向我描述父亲曾这样对他说："你知道在印度被打伤的中国外交官是谁吗？就是陈鲁直呀。"际光告诉了我，在台北的父亲如何以自己的女婿因维护国旗流血而骄傲。那时际光在父亲身边。

现在，露茜，我可以依据你的回忆再添上一笔。我读到，你在2008年3月28日接受温洽溢教授的采访时谈道："我告诉父亲说我想去中国大陆的时候，父亲就跟我讲，你哥哥可能老早在'文革'中死掉了。你姐姐因为一直都是共产党

2011年春到我家看到《灿烂时光》的成朋（右一）

员，可能是在外交部。他说因为前几年，中印边界有纠纷的时候，印度人冲进中国大使馆，当时法新社发了一张照片，有个女子站在大使馆门口，说这是中国的领土。我父亲说，那个就是你姐。”是的，毕生关注时事的父亲早已望见了茫茫人海中的我，认出了自己的骨肉，即使我没有被标出姓名。可是，我对于海峡彼岸父亲的欣喜和期待却毫不知情。

这里，我还可再略加交代：我确实曾背靠使馆的铁花大门，向围堵的印方人员大声说了父亲告诉你的话。不过，这不是1967年6月16日鲁直等被冲进使馆的暴徒们打伤的同一天，而是之前数日。当时印方已要求驱逐、强押鲁直，以报复中方驱逐印驻华使馆外交官。

露茜，谁会想到你竟会踏着中印关系中这一不幸事件的痕迹而来呢？中国离散家庭何止万千，你真是幸运地走在了前头。可以理解，你当时不动声色，和父亲一样。但你此番寻亲并非毫无线索。如今，你已经可以毫无顾忌地说明，你取道香港时就向中国驻港机构讲明我们这跨越中美和两岸的家庭关系。到京后，顺理成章，你从外交部找到了我和鲁直。思危的下落，当然也被你查到。你的这位16岁就自港出走大陆的小哥哥——哥仔，离家时还没有成年。父亲最牵挂的是他，只憾你们三兄妹的生母已于1964年在对儿子的思念和担忧中去世。

露茜，你打开了我们的家庭通道，使我能继1979年之后，再次于1983年夏来到洛杉矶出席你和阿瑟的婚礼。这回是和鲁直及小女儿香棣一起，他俩在纽约，一个任职于联合国总部，另一个攻读土木工程硕士。嘉玲等亲人则和父亲先我们从台北前来，还有思危，他虽已人到中年，仍得你促进，刻苦攻读经济管理硕士学位，准备从化工转行。真是空前的家庭大欢聚。在加州大学洛杉矶分校的广场上，按照阿瑟原籍犹太习俗举行的婚仪，既隆重又有趣。特别感人的是父亲的英语贺词——他靠努力自学掌握了这门外语，早已是我的榜样。

露茜，你的婚礼更为我提供了特别是与年迈的父亲可贵的相处机会，我又得到了和父亲在一起的家，虽然是你的家。我能在父亲身旁，每天眼见他的起居。印象最深的是，他每天早上还没起床，旁边小桌就堆满了当日的中英文报纸，大多已翻阅过。他常常还戴着耳机在听新闻广播，有时白天也会略加议论。他在洛杉矶分两次共拔除了六颗坏牙，我都在旁守着，又不敢流露心中的紧张。他喜欢散步，也愿游览。我们开车同去加州海岸，欣赏沿岸那些被海风长年吹成姿态倾斜甚至倾伏的大树，以及散落在离岸稍远处的林间小楼。父亲告诉我属于张大千的那座。此行是嘉玲领队，她一家大小同游。而你太忙。在虽然不多的日子里，鲁直和我得以与父亲随意交谈，没有长篇大论。最难忘的是，父亲不止一次地说过，统一是大势所趋，还说，要回大陆看看，并为母亲扫墓。

## （四）

来到中国大陆，你已是一位成熟的学者。或许，你这次来京，并作为一批在美早期保钓运动成员之一，受到周恩来总理1972年8月的接见，是又一个新阶段的开始。此后，你多次回来。虽然我了解有限，却也知道你非常勤奋忙碌，工作富有开创性。仅说你深入广东台山、开平等地侨乡的实地探访，收集1950年以前赴美华侨、侨眷资料一项，就获得独特成果。这是你身怀学府积淀，不无得意地成为当地“农妇”四个月的丰收。我联想到，你幼年在香港就熟悉的广东话，对于你和广州中山大学的这项深入草根的合作，有着别人不易感受的亲切和便利。这可不也是我们曾在香港、广东生活和工作的一种愉悦？

回想1939年你在香港出生的时候，大姐和我，跟着我俩的母亲也在香港。约在1940年春夏之交，父亲曾带着5岁的思危来到我和母亲及姐姐在九龙的住所。我们卓有兴趣的围观了这个长得很像父亲的活泼又不失稳当的小男孩。后来，思危回到自己的家，他母亲问他见到谁啦。他回答，见到三个女人。这样一句经由父亲转述的朴实童语，概括了那初次的联系。当时，你还只有1岁，我已经16岁。

露茜在社会实践现场（复制于《灿烂时光》一书）

同年，认为日美必战的父亲，让病弱的母亲、大姐之凡和我乘海轮去上海租界避战，而你们和父亲都与《香港立报》一起留在香港。一年多以后，即1941年12月，日本果然偷袭了珍珠港，为关于日本终将北进还是南进的战略形势的热烈争议做了结论。我们母女受惠于父亲的正确判断，但你们母子四人却不得不混在难民中逃离迅遭日本占领的香港，辗转去与正好在桂林开会的父亲会合。你们再到香港，已是1948年，直到1952年冬举家离港迁往台湾。父亲不愿去外国当清闲“寓公”(流亡的官宦绅士)。

哦，真像和你说话一样，从你熟悉广东话，扯到了更早的香港往事。现在，且回到你在大陆干过的另一件事。那就是，你早在1980年所开创的，设立英语培训中心的工作。本着“授人以渔”的精神，你不赞成把一批批另有专业的学员送去美国提高英语，而是建议中美合作在中国建立培训中心，一批批进行培训。你代表美方的加州大学洛杉矶分校TESL（英语作为第二语言教学课程）项目，先后和中国教育部、中国科学院、中国社会科学院，以及国务院的进出口管理委员会商谈。当时社科院出面和你讨论的副院长赵复三，是我和鲁直同时期的约大同学，他曾在日本投降前后几年，担任全校性学生组织大学基督徒团契（UCF）的主席。他对你这英语培训办法很是积极。

露茜，你会高兴的，原来，参与“经济英语培训中心”初创工作的常力女士，是我小女儿香棣大学同学常进的姐姐。常力当年是上述国家进出口管理委员会的一位青年干部。她所在这一机构的负责人，正是和你商谈的汪道涵。常力清楚记得，承担教材和教学之责的美方，运送来大批有针对性的原版课本和各种视听、摄放等设备，更先后从美国派来各重要学科的专家、教授，到中心讲课。中心则选送经培训的优秀教师，赴美学习后，再回中国如法组织，培训新人。常力随之也被选拔到加州大学洛杉矶分校，攻读英语硕士学位，并曾为双方的合作，来往于中美之间。她毕生致力于经贸英文人才培养，后担任对外经济贸易大学英文学院党委书记兼副校长，还曾出任过中国驻特立尼达和多巴哥使馆商务参赞。她难忘你为中国培养人才

露茜和我在成舍我纪念馆门前

的精神和业绩，还在洛杉矶见过在那里进修的思危。

我还想起，我同事殷士长的女儿粟丹采访了你，写得一篇通讯，刊登在她供职的《中国文化报》上。记得题目是《留根本的东西在中国》。我觉得，文中特别令人印象深刻的，是你那称之为鸡生蛋、蛋又孵化成鸡、鸡再下蛋的思想，使得你的规划切合实际。你居然还曾用"毛主席说要自力更生"这样的话，来激励你的中方合作者，要既好又快地使得英语不再是个障碍，让很多中国学者可以用英语发表论文，参加国际性的学术讨论，这正是中国走向世界所需要的。

## （五）

同时，你的来访，沟通中美，也沟通海峡两岸，打开我们去台湾的通道，虽然迟了许多年。1992年12月，我陪同鲁直去到台北出席第十二届太平洋经济共同体研讨会，得以在会上再次和与会的嘉玲和你相见。鲁直是以中国太平洋经济合作全国委员会常务副会长的身份应邀。会议主持人是台湾太平洋经济合作委员会会长辜濂松。我和鲁直终于能借此机会为父亲扫墓。身处台北深坑（今属新北市）肃穆的陵园，背后芦花瑟瑟，我在碑前默悼：爸爸，原谅我，我来迟了。一幕幕往事涌上心头。最为切近和酸楚的是难忘父亲1987年给我们的手书，他那时还说自己"工作如常，……改院及新报出版，大约不久均可实现"，紧接着说"切望不久能和你们相见，并深信有生之日，必能在西山拜谒你母亲的遗庐"。言犹在耳，此刻，却是我泪洒于父亲的遗庐之前。

父亲要来北京到西山扫墓的心愿，是他在洛杉矶就对我说过的，这回更郑重地写下。我当时真也抱有陪同父亲祭扫的信心，但他毕竟已很高龄，终难抵挡衰老和疾病，而于1991年4

露茜（左二）、我（右二）和董胜（右一）在成舍我纪念馆

月1日辞世。露茜，得到你所告这一噩耗，痛失慈父兼严父的我连夜赶写悼文。哪里会想到，比你大了十几岁的我，还会在有生之年来写今天这样的一封信，给你，总是朝气勃勃的你。

以此为始，在我又得以三度重访台湾时，都去祭扫父亲陵墓。也曾由香棣从纽约来台陪我，和嘉玲的儿子周成虎等，同去为你早逝的母亲扫墓。我一直记得，她曾在1949年5月，去九龙东华医院看望我。在那里，香棣的姐姐，也就是我的第一个孩子——大女儿朋山出世。你母亲还给我带来了一盒巧克力糖。

在台北，我多次到世界新闻学院，就是前述父亲信中所说的“改院”成果，也就是其后再次扩展升级的世新大学。院中的舍我楼，总是最令人心魂萦绕之处。在楼中父亲的纪念室，置放着他一生留下的各种物品和图文。在父亲早期的信件中，有他给大姐和我的几件。那是三十和四十年代，用毛笔写在竖行毛边纸上的亲切家书，唤我俩大毛、小毛，后来唤名字，充溢着为父的爱和期许。

露茜，记得你为了收集史料，曾问过我，是否知道一些我母亲早年协助父亲在北京办报，管理报社行政的情况，我完全答不上来。可不，我随家北上去南京时只有三岁，而且此后母亲也没有跟我谈过这类事情。她大概是不想提，而我也不关心，以至无法追寻。在我记忆中，她爱说起的好像只有以下这么两件事：

一是，大姐幼小时体弱，有时夜间啼哭，我母亲只好抱她去报社印刷车间，在运作的机器之间走动。那印刷机的声响，能让她安静。这使我联想，莫不是那平稳的节奏，成为音乐对她最早的启迪？我由你带领我在舍我楼参观。那已经一代又一代更新了的印刷机和已普遍采用的激光照排设备，早已取代了父亲早年办报时所使用的平板印刷机。二是，父亲自感字写得不好，常要我母亲代为誊写信件文书。而事隔近二十年后，抗日战争胜利，父亲自重庆归来，收回他在上海被日伪强占的《立报》。他自己用毛笔大字竖写了报名，贴在报社玻璃大门上。母亲见到曾对我说，你爸真是努力，他现在字写得这么好了。

说到《台湾立报》，我想，它应该成为父亲命名为《立报》的第三个日报宠儿。继1935年父亲在上海办的《立报》，1938年在香港办的《香港立报》之后，《台湾立报》终得于1988年面世，这也就是父亲在前面信中所说的“新报”。这时台湾报禁才开，父亲怀着必胜的信念，已经等待了三十多年，直到他91岁。

父亲在信中以“新报”二字代替名称，对学校也只说“改院”而不提校名，只因为这信是在父亲给我的信件中，唯一从台湾邮寄至美，再由你转交的。其他莫不直接由亲人——基本上都是交你转付。那独特的信上甚至没有写我的名字，而是以“贤伉俪”来呼唤我和鲁直。而且，信是写在一张常规贺年片上，可以混同一般信件。我能理解，父亲是不想在无意中触动当局敏感的神经，无论对身在大陆的女儿写点什么。

你我都知道，父亲对子女的“三不干涉”原则：其中包括政治倾向。这个“不”字，体现了他对子女独立人格的尊重和一种民主、平等的精神。父亲当然了解我的政治态度，虽然我遵守地下工作的纪律，不会表白自己的政党身份，他也不在意去问。同时，在我这一方面，对于无党派人士的父亲，当然争取他对一些进步活动的支持，这也是他自己的意愿。我并不指望他会放弃特立独行，留在大陆，更不会、也没有“任务”如有的人所揣测的劝他留下来。他去台湾，办报不准，就艰苦办学，做到桃李满天下，最后随着形势变化，熬到报纸也得以办成。所幸天假以年，父亲能够知道周总理对他引以为友的评定，由你这个小女儿直接听到，亲口转达。

当我如今读到你在温洽溢的访谈中介绍，在你1979年突破重重困难，第一次从美国回到台湾时，当年任台湾大学校长的闫振兴，托你寻找家人。你以后真的在大陆找到他弟弟，还设法让他俩在香港见面。后来，他终于跟你讲，政府曾有人打电话给他，要他跟你讲话小心一点，“因为成教授是‘共匪’”。此后，你虽然能常回台湾，可是仍受监控，甚至每次你离开台湾后，情治（情报）单位的人就会去找父亲了解情况。我读到“我父亲说，我这个女儿小学的时候就翘家、逃走，她从来就是她干她的，她不告诉我，我也不过问，就这样”。父亲倔强而镇定的样子就在眼前。他当然有足够的经验和智慧，避免因给我这另一个女儿的信而增添骚扰。

## （六）

露茜，当你约我为《台湾立报》写稿，我当然乐意。记得我给你发过短文。其中有关于北京深秋的，谈到那缀满枝头的大红柿子，忆及我母亲曾告，早年与女师大同学在宿舍围着小火炉，冬夜吃冻柿子的事。再写过，二十多年前北京街道上兴起的“小面的”潮，那些黄亮的小面包出租车，很快就取代了拉人、拉物、常常是裹着厚被躺着病人的脚踏平板车，成为改革开放初期首都的新景象之一。想来，我居然也写过颇长的稿子给你，那是关于内蒙古锡林郭勒盟出口绵羊去中东的一篇特写。我随大女儿朋山去到秦皇岛港口，亲见排排羊圈中白花花的肥羊如何安然栖息，最后由一只带头羊领着，有序地步出棚圈，登海轮，驶往异国祭坛。船长是一位印度大吉岭人，谈起他的家乡，好像遇到故知。承蒙《立报》让这个故事连同图片占了一个整版。告诉你，露茜，就在今年二月，内蒙古人大常委会副主任、民建内蒙古委员会主委郝益东从呼和浩特来北京，见到我时竟提起了这件往事。他当时是内蒙古锡林郭勒盟分管畜牧业的副盟长。他先后在锡林郭勒盟和呼和浩特市与朋山共事，竟又有缘在民建与思危相处，于是把我也捎上了他们的时光列车，心里揣着《立报》。

记忆的河又流淌到新千年，嘉玲和你接办台湾《传记文学》之后，我自知是无力为之提供大块文章的，却仍然得到你的青睐。在我送你一本以诗为主的《幸存的一粟》后，你让我自选10首诗刊于2005年6月的《传记文学》，还在《编辑室手记》里写了一段话。你说：“好像中国的女性知识分子，斗志特别顽强，即便环境多坏，也没有放弃她们的理想。《幸存的一粟》作者成幼殊，我同父异母的二姐，可以说是其中之一。”你又说：“每一首诗都真诚得令人动容。诗，真的也是一种传记写作。”你真是独出心裁，不拘一格，在用稿上也愿有突破。手记中所提到的“斗志”，让我感到确是出于获奖女斗士之口。你真诚的欣赏令我动容，特别因为你从来没有向我说过这样的话。我想，你跟父亲一样，不喜欢也不习惯夸奖人。这又让我想到，

我与露茜（右二）、嘉玲（左二）在父亲百年诞辰设立成舍我助学基金的仪式上

你对待那自幼就常跟着你的周成荫——嘉玲的女儿，也像父亲对你那样，用“冷水”把她浇大，终能促使她成为优秀学者。

在《传记文学》卓有分量的文章中，有来自大陆的关于革命家学者陈翰笙的专辑，那是在我告诉你陈翰老逝世的讯息后，你当即要求提供的。所刊三篇文章，分别是陈翰老亲属的终生追记，老经济学家于光远对追思会的记述，以及陈鲁直的专论。于老文中特别谈到，陈翰老在九十岁时写的一本《四个时代的我》，被周谷城誉为“传记文学中的一个很好的文学书”。于老说，把追思会的情况向《传记文学》做个报道，是受其启发而为，他强调对陈翰老思想的传承。陈翰老的四位姨侄女追忆自幼与姨父相处的深切感受。鲁直着重论述陈翰老对东南亚研究和国际情报工作的贡献。你在《编辑室手记》里说明了你的意愿：“让《传记文学》读者有一个认识、纪念这位学者和革命家的机会”。这一专辑呈现在2004年的台北，纪念陈翰老以108岁辞世，透露出怎样的历史眼光和无拘束的学术清风。

我想到对你的一种评价：跨国界的人。当然，也是跨两岸的人，在这一个“跨”字中，有许多的促进。你所主张的环太平洋研究也体现“跨”的要求。当地球越来越“小”，人群越来越祸福与共，露茜，我的小妹妹，我相信，你的思想和毕生不懈的实践，将会更显其生命力。

为纪念露茜辞世一周年，思绪忽涌忽隐，忽清忽混，断续写来，由冬到春，终成篇于2011年4月14日凌晨。

北京　芳古园

---

重读纪念露茜的这些文字，使我不由想起1998年写的《怀父亲》(编入《报海生涯》一书）的一些文字。

2012年4月我和红十在台北成舍我纪念馆，照片右上方是儿时我和姐姐与父亲母亲的合影。

# 怀 父 亲

父亲成舍我作为新闻事业的老兵终于去世了。我终于失去了我的父亲。

距离父亲94岁诞辰还有4个多月。父亲是长寿的，但我相信他还有活下去，做更多事的雄心。1988年父亲又办台湾《立报》，我曾函贺“生命从90开始”。而且，我知道，他还是盼望着再见到我的。栉沐着将近一个世纪的风风雨雨，他是一个刚毅的人，而同时，也是一位可敬的、情深的父亲。

我和父亲两个人都生逢战乱。我对父亲的记忆几乎总是和艰难的国步纠结在一起。北平石驸马大街屋前的那对石狮子似乎和我幼儿时期一样冥顽，但它们却曾眼见《世界晚报》《世界日报》和《世界画报》的相继创办，以及父亲从军阀张宗昌掌中死里逃生。南京《民生报》的木楼和院落，曾是父亲和我一起拍皮球的地方，总和父亲因抨击汪精卫手下的贪官彭学沛而遭受逮捕，报社封门的往事相连。

父亲是慈父，也是严父，他以宽厚的胸怀对待子女，但不溺爱纵容。他在我们姐妹和弟弟身上都完全实行婚姻、事业、信仰三不干涉的原则。我自幼也从来没有遭受过他的打骂。但有一件事我永远记得：在南京《民生报》时期，一次，我把一盒火柴撒了一地，父亲叫我捡起来，我不听。父亲就用他的大手使劲握住我的手，厉声说：“捡起来！”我含着泪乖乖地照办了，好像也由此开始懂得什么是纠正错误。

父亲爱好古诗文，他有时独自吟诵。上小学的我也就跟着

我与父亲1983年在洛杉矶露茜婚礼上

学了一些。给我印象最深的是杨恽的《报孙会宗书》。其中激愤的文句，如“仰天抚缶，而呼乌乌，其诗曰：‘田彼南山，芜秽不治。种一顷豆，落而为萁’”，经父亲用自幼在安徽读书时的腔调诵咏起来，抑扬顿挫，荡人肺腑。只是我当年还不懂把它和父亲的际遇相连。我还记得他所吟叹的“贫贱夫妻百事哀”这样的诗句，虽然那时他已是报业巨子了。他对我的作文则要求用白话，不要写得半文半白。

我学英文也得益不少于父亲。我是在1938年年初随家南下香港才开始识ABC的。春季开学，我到教会办的英文女校上最低班，但学年已在头一年秋季开始，所以还是跟不上。父亲请当时帮他办香港《立报》的吴范寰叔叔为我补课。父亲还教我要硬着头皮啃课本，不怕查字典，以后又带一些短篇的英文简报给我读。我知道这是他自己勤学的方法。1942年秋，没有上过中学的我以同等学力考入上海圣约翰大学，并依据考分免修一年级上学期的英语课。这时，我已经照父亲的样子翻破好几本字典，大体上从生字丛中钻了出来。而父亲则一直把我和姐姐稚璠（之凡）的成长归功于我们的生母杨璠女士。

我是1940年秋和生母及姐姐离开香港去到“孤岛”上海的，当年离港，是依据父亲对形势的分析。在众说纷纭之中，他断言日美必战。我病弱的母亲带我们两个女儿既不宜留港，又经受不住去抗战后方的跋涉，因此只有去上海。果然，太平洋战争终于在一年后爆发。虽然当时父亲正好不在香港而得以身免，但他在香港的《立报》和家业又一次荡然无存，我年幼的弟弟思危和更小的妹妹们以及他们的母亲萧宗让女士后来才辗转逃出，和父亲在桂林会合。

父亲文思敏捷，用张友鸾叔叔的话是“摇笔即来”“落纸如风”。但，这也是父亲顾不得讲究书法的原因之一。听我生母说，在他俩因“性格不合”而仳离以前，不少文书是她抄正的。但父亲并不甘心于书法欠佳，而总是揣摩改进。1945年日本战败投降，父亲作为参加受降典礼的记者之一，于9月自重庆飞抵南京，并到上海接回了他曾经被日伪占据的上海《立报》。他自己用毛笔竖写了《立报》两个大字贴在大门玻璃上。我生母看到曾感慨地对我说：“你爸爸真是努力好学，他现在的字写得这么好了。”

父亲曾让我帮他清点上海《立报》的财产。但他很快就返回北平，集中精力恢复《世界日报》系列和世界新闻学校，而放弃了上海《立报》，虽然，他仍不时因事来沪。1946年冬，父亲欣慰地看到我已由朋友介绍入上海《新民晚报》当外勤记者，就在他的老朋友邓季惺女士手下工作。他曾让我为《世界日报》写通讯，并且告诉我要不仅能写，还应该能编，会经营、懂排印……成为新闻事业的全才。但，女儿毕竟不是爸爸，40年代也不是20年代了。虽然那时我又先后在香港和广州过了总共六七年的记者生涯，但终没有如父亲所期望的在这条路上发展下去，然而，我从来也没有停止对新闻工作的兴趣和关注。也许，这曾使1990年来访大陆的几位世界新闻专科学校的校友，感到意外和高兴。

我曾在1950年春从广州去香港接回我留在那儿的母亲和我第一个孩子陈朋山。父亲来看望，并到火车站送行，最后一次抱了他不到1岁的孙女。但不料我母亲也就从此和他诀别了。虽然，她直到1975年享寿80岁，才在我的守护下于北京去世。

阔别近30年之后，1979年，在庆祝父亲82岁生日（按习惯以虚龄计）之际，我们父女在露茜妹的洛杉矶寓所抱头流泪时，父亲的第一句话就是，可惜你母亲不在了。这也是我在30年后第一次和嘉玲妹重逢，当时思危弟也在，他们的母亲萧宗让女士也已故去。

1983年，我偕夫婿和小女儿从纽约再赴洛杉矶，参加露茜妹的婚礼。父亲和嘉玲妹及继母韩镜良女士则自台前来。父亲作为家长的一篇英文贺词，是他自己预做准备，当场讲述的。

那时他身体虽好，视力已不济，每天还举着放大镜翻阅许多中外文报刊并收听中外文广播。86岁高龄的父亲如此勤奋，令人看在眼里印在心头，成为对我终生的激励。痛心和遗憾的是，这次的相见竟成父亲和我的永诀，他说过大陆见或台湾见的。

回想1937年年底，我从武汉到广州的铁路上，火车三番五次倒着开进粤北砰石一带的山洞以躲避日寇的轰炸。当年不肯降服敌伪的父亲只身逃离北平，和我们母女三人以及黄少谷叔叔的夫人和两个女儿燕平、新平一起抵达广州时，隆冬已变成“夏季”。我不得不扔下棉鞋，而穿着父亲的一双布鞋走下火车。难道我像西谚所说的“踏入了父亲的鞋”——继承父业？我没有。但父亲的血仍在我脉管里流动。父亲的品格、事业和奋斗精神鼓舞着我。超越时空，我永远是父亲成舍我的女儿。

写于1998年

# 看地球，从月上

## ——喜见连续电传“月神”“嫦娥”飞临月球

地球从月平线升起，
我愿看她一千遍，
好像已置身于月球，
而地球成了不缺的月。

地球也不是燃烧的太阳，
在月上，不必藏身于树荫，
苍茫中，一轮蔚蓝，不是火红，
也不是清冷的一片晶莹。

又是怎样的，那月之上的天空？
可有俯瞰万物的繁星？
既然缺失了揽风的树，
更哪有叶间千啭鸟鸣？

开拓疆域，探寻、移植生命，
先驱挥笔，另写一部创世记？
但我宁愿相信，人类最好还活在
地球上，即使称作摇篮里。

飞升，飞升，宇宙无际，
亲近，亲近，万般妙密，
人啊，只是切莫再糟蹋地球，
失去慈母，谁再给予双飞翼？

2007年11月18日至12月14日

北京　芳古园

2007年10—11月网上看到的“嫦娥一号”月球探测卫星与月球、地球。

# 将军一去

将军一去，
一道寒光，
一腔热血，
一行绝唱。

将军有罪，
罪在山河破碎。
恨不一手擎天，
呼风扫荡
那横行寇贼。

将军成仁，
崩我高山，
号角悲唤，
奋起哀兵亿万。

知耻称罪者勇，
将军前，谁人夸功？
更何况还有
遍地无名英雄。

2007年12月21—22日

北京　芳古园

受教于凤凰卫视电视台《将军一去——抗日战争殉国将领录》，其中有张自忠、赵登禹、左权等将军。作于全面抗战爆发70周年岁末，以之恭祭诸将军和殉国殉难军民同胞。

# 航天人的一百减一

一百减一等于零，
多么好的座右铭！
航天人一诺千金，
送嫦娥奔月，
轻盈，轻盈，
透明，透明，
容不得一粒沙，
一丝玩忽，粗心。

世间有无完美？
回答可惜是无，
汗流，血流，泪流，
追求，追求，
从否中求有，
从有中弃否，
天人携手。

2007年12月23日北京芳古园
夜半，回味所闻航天人之语

# 唁诗人文晓村

## ——兼答《岁暮问》

又一次，日历翻完了十二月，
你的《岁暮问》，竟又亮在我的眼前，
从二〇〇四到二〇〇七，短短三年，
重逢的欢喜还未盼到，
怎么你这一生，就画上了句点？

且问，是怎样的一生？
“跨海牧羊”，就占了十五年。
年年十二月，
阿里山间，饮无雪，
胸怀凄楚，胸怀壮烈，
志士能有几多人？穿越
抗美援朝第一线，
战斗，藏匿，逃亡，入狱，
九死终得一生，全气节。

你我同一时代，兄弟，
这历史之痛，咬咬牙
过来了，坦荡而从容，
面对无理的审问，你昂然，是
《一尊木讷的灵魂》，
留下一篇篇好诗文，
沉吟，眷念，长啸，嬉笑怒骂，
而又谈笑风生。

泱泱《秋水》相逢，如在昨天，
《葡萄园》里，串串美果中
诗文相交，殷殷把谈，如相见，
可叹，仅仅到此，尘缘，
送别，终有一别，
何必问谁再把谁送？

岁暮又岁暮，答谢
三年前问候众诗友，
新的一年总在前头。

2008年1月7日凌晨至18日晨
唁诗人文晓村先生不幸于
2007年12月25日病逝台北
北京　芳古园

# 附：文晓村诗

——兼致海内外诗友《岁暮问》

日历已经翻完了十二月
阿里山的天空
并无一星雪花的影踪
为什么我的心底却在
轻哼：渴饮雪
　　　饥吞毡
那遥遥远远的歌声
只是弄不清，台湾
与北海，该如何定位

五十年与十九年
该如何算长短
白发苍苍的牧人啊
何时你才会为自己
画下一个圆圆的句点

2004年12月
台湾中和市　文庐

我与文晓村先生是在2004年2月台北的两岸文化交流座谈会上相识且互赠作品的。同年4月，他为我的《幸存的一粟》写了诗评，令我感愧。

他的美文标题是：《金沙，灿烂的阳光——读成幼殊诗集〈幸存的一粟〉》。

前排左一是我，右一是文晓村，2004年2月摄于台北文艺协会。

# 悼念黄雍廉

何与怀博士：

感谢你通过雪漪让我得知，黄雍廉会长已经仙逝，并感谢你的问候。追思会举行在即，特表示我对黄会长的沉痛悼念，对他一生正直、文思深妙、爱群爱国、勤奋为公、胸怀世界的衷心景仰，向你及各位先生女士、亲属友好诚挚慰问。

今朝今夕，我还想说的是我自己对黄会长关爱人的一点亲身体会。他真心关怀远在内蒙古的年轻诗人雪漪，努力帮助她走上国际诗坛。这位有才华而又有不少难处的姑娘得到黄会长出面邀请敦促，在2001年来到雪梨（悉尼）出席了第21届世界诗人大会，这使她的诗歌事业上了一个新台阶。当年的诗歌盛举，想今天在座的不少人还历历在目。这不仅仅是对她一个人，更反映了黄会长提携后进，为祖国培养人才的热忱。我更深切体会黄会长对我本人诗歌创作的热情鼓励。他在百忙中，不顾自己的健康，辛苦写出长文，介绍我的为诗、为人，令我惭愧并十分感动。同时，我也能懂得，这是他热爱祖国的又一例证。可惜，我和黄会长只有一面之缘。那是在2004年的台北，借《秋水》诗刊之庆。此后虽然承蒙邀请

2004年2月我与黄雍廉合影于台北文艺协会

访澳，但卒未能成行。如今天人永隔，终成遗憾。

追思绵绵难尽，且陈述到这里，犹如我亲身参与聚会，和大家同诉心声。或许，这也能算是我与黄会长未了的缘分。真是我的幸运。

安息吧，黄雍廉会长，诗人汨罗，我尊敬的诗友，我的湖南好乡亲。

成幼殊哀悼于北京

2008年4月25日

与黄雍廉的相识，恰是我随中国诗人访问团访问台北之际，偶遇黄会长与家人从悉尼到台北访友办事。会前，我因外出访友回来晚，雪漪告黄会长在房间等我已晚，刚刚告辞回喜来登酒店。第二天在会上见到他。

从台北返回悉尼后，他写下长篇文论《萍踪万里系诗声》，对我的诗文进行评述，发表在台北《世界论坛报》，字里行间都是情谊。

获悉他辞世的消息，正是何与怀负责编辑出版《丹心一片付诗声：黄雍廉会长纪念集》之际，遂写下上面书信以追思。

---

黄雍廉，笔名汨罗，著名诗人、作家、评论家，出版散文集、小说集、诗集、评论集等著作数十部。早年从台北移居澳洲，澳洲悉尼华文作家协会创会会长。

何与怀，广州人，定居澳大利亚悉尼。博士，作家、评论家。除一般写作外，主要研究兴趣是当代中国问题和华文文学。主编《澳洲新报·澳华新文苑》和“澳华新文苑丛书”。

# 致穿白纱裙子的小姑娘

穿白纱裙子的小姑娘，
眉梢眼角还带着伤，
她从残墙碎瓦中抬起了头，
像一朵重见阳光的蒲公英，
一千只春风的手把她救。

穿白纱裙子的小姑娘，
她有个小姐姐本来也一样
会穿上白纱裙子映着太阳，
双双拉着妈妈的手，姐妹俩，
但那残墙碎瓦成了她最后的床。

我也曾是一个小姑娘，
有一个小姐姐，我俩
总打扮得一个样，
这个眉眼带伤的小姑娘，好像是当年的我，
而她那小姐姐却哪里去寻访？

答应我吧，小姑娘，
推开那黑夜一样的悲伤，
雨后总会天晴，不能老是泪眼汪汪，
那千万只春风的手

抚慰你、期待你成长。

相信我吧，小姑娘，
虽然山川崩裂，但，抬头望，
解放军叔叔翻山涉水，从天而降，
白衣天使，也赶到了你的身旁，
全带着世人深情的眼光。

告诉我吧，小姑娘，
灾难能不能压倒你的志向？
长大了，探天空？查地球？还是要救死扶伤？
也许，你更愿意当位老师，
学那爱护学生，临危不惧的好榜样？

穿白纱裙子的小姑娘啊，
你可看见了国旗半垂，听见汽笛鸣响？
那一天，也为你的小姐姐，
齐刷刷，我们低下又昂起了头，
举国哀悼，相信多难可以兴邦。

你幸存，你幸运，小姑娘，
历史翻过了这惊恐而惨烈的一页，
人们啊，正在从灾难中提升和净化自己：
并奋起扫除污泥浊水，除旧布新，让人间清凉，
还承诺给你们最结实的课堂。

擦去眼泪吧，小姑娘，
走向前去，告慰千千万万遇难的人吧，

那中间，还有你的小姐姐，
都指望你们这二十一世纪的新生代，
纯洁而智慧，登高望远，去把新世纪开创。

2008年6月5日凌晨，从四川汶川大地震中一个
获救小姑娘的模样开始断续写得、改成，
是以为众多死难同胞祭
北京　芳古园

# 透 亮 的

残梦中拈起一支笔，
流畅，好像一条小河
蜿蜒在清晨的市声里：
车轮，进城的车轮
颠破，碾碎仍然明亮的月，
是通往市场，还是通往新筑的
庞大的能透亮的鸟巢？
这引人注目的巢，此刻
是否仍睡眼惺忪？
支撑着熊熊的火炬
等待再把欢呼泼向世界？
而那曾经掠空而过的大群乌鸦
在1958年前还曾是
拂晓飞过古老宫殿的一景，
如今只留下真正的空巢。
当车轮流转，偶尔能看见
那疏落老枝上的巢，
映着天空，也透着亮。

再抬眼，天空已褪去夜装，
而变得一清如洗，
今天，不会再是灰蒙蒙的了，

今天，又将在激动中诞生多少奖牌？
荣光，也笼罩于无奖牌的参与者，
笼罩那些在场内欢呼和在场外
同样揣着一颗热心的人，
好比，那些带着椅子凳子甚至小孩子
或是那在来回走动执勤中，偶尔
手扶树干稍事休息的警惕着的市民，
黑发或夹着白发，映着
治安志愿者的红袖章，
让人想起六十年代的红卫兵，
却是完全不同了，时间
过去了四十多年……
如今，目迎那些在脸上、臂上
贴印着鲜亮的国旗和
跃动的北京奥运会标的年轻人
欢快地穿街走巷，
心心透亮。

思绪回荡到
那已先后几批，
分别去到俄罗斯、欧罗巴、美利坚的
四川惨烈地震中遭灾的幼童、少年、青年，
去疗养仍在震荡的魂魄，或是去求学……
要不要担心他们
会为“夷”所惑、所化、所使、所制呢？
回首一百几十年前派去美国又召回的
那些长袍马褂，小老头打扮的学童，
我一位同学的父亲丁艋仙，

那严谨而敬业的海关统计官，
当年可不是也在其中?
岂只有詹天佑——
中国铁路的奠基人。
相惜眼前的这一辈人吧，
时代已大转弯又奔腾向前了，
不可遏制的仁人志士，
会在请进来，走出去的大浪中涌现，
唱着同一个世界同一个梦想，
自强，坦荡，而透亮。

北京的天空打开了，
一清如洗，
似乎鱼儿也能在那里
和飞鸟一起优游嬉戏，
涤荡了阴霾，不禁问
能有几天、几个星期?
连接秋高气爽，冬季、夏季?
其间春光，明媚，能减轻风沙天气?
莫急。在“后奥运”的瞻望里，
总该说是有了个好开头，而且
好开头，远不止在天上……
更有那，入囊金牌多多，是达到全民健身的——
科技突破，是达到惠及弱势群体的——
媒体活跃，是透出
自信的大国泱泱之风的
好开头。
不容虚夸，不容陶醉，

当时代正滚滚向前，
当殷勤的风吹开衣裳，
“里子”随着“面子”一起飘荡，
我们坚实而无愧，
从心底奏响透亮的
中华乐章。

2008年8月18日清晨至31日深夜
写于奥运风韵和频频回望中
北京　芳古园

2008年10月拍摄的鸟巢

新千年伊始，香港银河出版社决定出版“中外现代诗名家集萃”系列丛书，请中国诗坛泰斗臧克家先生题签书名，后又决定推出中文版“当代书库”丛书，我有幸入选，于2009年4月出版了《成幼殊自选集》，以“透亮的”为副标题，并把《透亮的》作为诗集开卷的第一首诗。

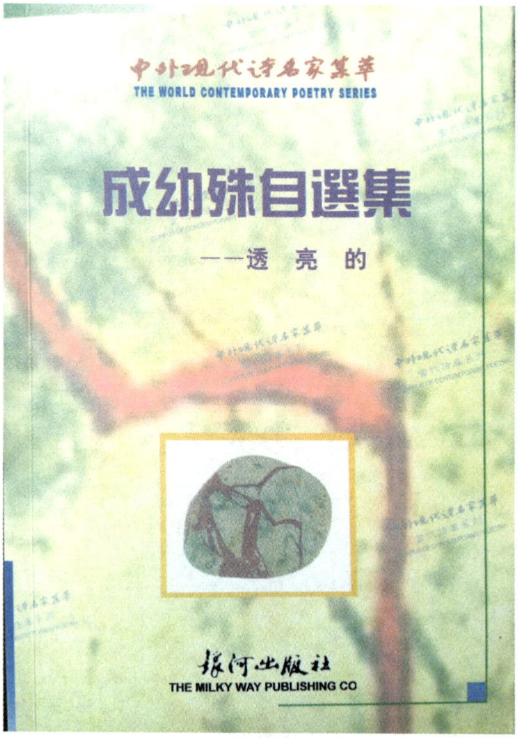


《成幼殊自选集——透亮的》封面

自选集出版后，诗友陆士虎为这个集子写了一篇诗评：《透亮的理性与深沉的底蕴——试论成幼殊晚年诗歌的风格》。

# 太阳和他的镜子

太阳想找个镜子，
看看自己金红的头发
乱成什么样子。

他让好儿子地球
帮忙。

地球高兴地送他
一个月亮。

可惜太远
照不出太阳的火焰
和道道金光。

他大叫：
怎么啦？
这是我吗？

月亮微微一笑：
爷爷呀，
我是您的孙女儿，
您把我烫着了。
不要紧，
只有点儿疤
在我身上。

地球说：
我来挡一挡。

2008年12月6日黎明
北京　芳古园

# 桥

——越东海大桥从上海抵浙江

桥，伸长，伸长，翻滚，又蜿蜒，
蛇吞羊，喷出，汪洋，无边，
那羊山，不见羊，如今添加，海水三点，
港湾深，深几许，微波潋潋。

万年沉寂，荒芜？弹指间，通何处？
向济州？向琉球？南向高雄，
港对港，船迎船，打开两扇自家门户。
小小蜜蜂，有多甜？总识蜂巢路。
车，桥上驰，桥下影随，

东海大桥到达的浙江洋山深水港

载舟的水，覆舟的水，问谁？
问风暴，问自己，问兄弟姐妹，
问小小花朵，莫摧，莫令她枯萎。

人，攀石阶，花岗岩，
绿草，矮树，坎缝，镶边，
同样的岩？类似的树？通花莲？
通你我，通世界，
通后代，来年复来年。

2009年5月18日至6月13日

北京 芳古园

香棣和我在深水港旁的洋山岛小洋山上

上面的图和诗，是2009年5月，喜借上海圣约翰大学建校130周年庆典之机，随众校友前往东海大桥，登洋山极目远眺，祝祷绵绵，略有小记。这次上海之行，还到未能到会的至交老师长、老校友家中拜访，其中有著名作家何为，他长我两岁，不幸于2011年1月逝世，我写了下面的散文，以寄托哀思。

# 又一片黄叶飘零

## ——忆何为

又一片黄叶飘零，又一位老友飘零……当你深含痛惜再抬头审视那枝干，也许会发现在那叶柄脱落处已隐隐显出芽踪，送出慰藉。

这次是老友何为，先我而去。

回想2009年秋天的一个上午，我由小女儿香棣陪伴去看望何为。他让我俩和他同坐在起居室窗前的一张长方小桌旁，我和他相对，好像登上了时光火车的软座。没有颠簸，没有轮毂转动的声音，或应属悬浮车。主人擎起他的宜兴陶壶向小杯中为我们斟茶。那熟练的动作显不出他视力微弱。可以想见，独斟独饮他也已习惯。

我从北京到久别的上海，对何为是个意外。毕竟我也已在耄耋之年，虽然比他小两三岁。论同学——原上海圣约翰大学，他是学长。我为参加母校校友会的一次隆重大会去到上海，会后返京前去拜访没有出席的他。这好像也是欢聚重拾少年同窗岁月的一个尾声。

谈往事，谈故人，谈彼此都熟悉和眷念的校园。我又提到他于1981年5月来到北京时所赠的《临窗集》，转眼已是28年前的事了。那是他第一次来到我在北京的家中，还带来了与他相貌酷似的儿子何亮亮，后者正在中国社科院的社会科学研究所读硕士课程。我特意告诉何为，一位小我十来岁的同事兼女友，多么喜欢她读到过的《第二次考试》这篇散文，我想，可

2009年秋，在何为家里。

能，特别因为她爱好钢琴，并曾多年长驻于肖邦的故园波兰。文章已收于《临窗集》中。何为听了微微一笑，说他还收到一些读者的信，而没有接过话题多谈。

大概他像我们不少同时代的作者那样，往往不善于谈说自己的作品。而老朋友我也不善于“诱导”和追问，听其自然。同样，何为也没有问我，自从2003年《幸存的一粟》出版以来，我又写了些什么。时间似乎就停留在同年5月，他接到我所寄的这书后就写下《清纯一粟》这篇不足一千六百字的短文，有如他清泉中的卵石。

时间到底是快速向前，还是停滞了呢？与何为又一次在北京相会的情景浮现在眼前。那是在2006年11月，突然接到老朋友袁鹰的电话，约我到北京饭店去看何为。他与何为刚参加完中国文联第八次全国代表大会和中国作协第七次全国代表大会，而何为就要返回上海了。我欣然带上帮助做家务的小吴乘车同去。秋阳中，王府井拐角的饭店楼宇一片暖色。上楼敲开何为房间的门，袁鹰已先我到达。“握手言欢”不是老调，而是最简练的表达。我与何为的这次会见，距他1981年来访居然有25年之久。所幸袁鹰在京，能有各种机缘联系，这回是他邀我们共进餐。述旧话题因文代会而添加了热议和期盼。

彼此一边告别，一边走出门来，不知何时已起了风，刮得我几乎站不住脚。两眼迷离的何为行动当然也增加了困难。看来健康而完好的袁鹰左右照顾，并把我和小吴送上了计程车。

相比之下，我与何为的上海相会距这第二次的北京重逢，时间就很短——只有两年多，真好像是搭上了时光快车。那正是江南的多雨季节，空气也湿漉漉地迎接北方来客。何为给我

2006年11月，何为来北京。从左到右：何为、我、袁鹰。

一个意外是盛情挽留在他家吃午饭，说是给他帮工的老阿姨做得一手可口的江浙菜，而且，已为我们做了些准备。于是我们欣赏了她果真颇有特色的厨艺后，才与门前相送的主人和这位吴侬口音的老太太告别。

回京后，曾挂号函寄一叠由香棣拍摄放大的照片给何为。照片中，他仍然潇洒，而且更显沉着。虽然，我一直心存疑惑，他已微弱的眼力能看出自己吗？——也许能有个轮廓？时间过去，使我觉得不能指望他回信，那肯定是太困难了。不幸，最后得到的讯息是，他已走完了人生的路。

在一些陆续刊出的消息和悼念文字中，老友袁鹰的《冰雪中送何为远行》里谈到，曾被选入中学语文经典教材的何为名篇《第二次考试》，在“文革”中饱受批判后，竟于1979年成为全国高校统考语文试题，要求把原文改写为《陈伊玲的故事》，令人意外，也令作者本人惊讶。何为后有文叙说这事原委，其中有句：“小树叶都学着用自己的语言讲述一个古老的故事”。承袁鹰应我之请寄来何为《关于〈第二次考试〉现在和过去》的复印原文。他这篇文章娓娓道来，比《第二次考试》长了一倍多，不但反映了他为文的严肃和苦心，也是他历经文坛沧海的一部浓缩了的浮沉荣辱史。

又一片黄叶飘零。新叶也已悄然萌发。

2011年

# 选择不自由

——敬赠胡适

“选择不自由，
也是自由了。”
胡适先生说得好！

我想替换一个字，
也“算”自由了，
心底有懊恼。

选择的余地
有多少？
当人被框住了。

可叹胡博士，
早年不求“讨人欢喜”，
后来自嘲“过河卒子”。

可惜总有人喜，
有人不喜，
何能太委屈自己？

但，也许，
形势所逼，
心安？也算如意？

当年“五四”一主将
暴风中求好雨，
奔马莫脱缰。

追寻自由，
摒除狂野，
博士的理性和学养。

人，可以伟大，
但毕竟是小，
功过任人讲。

2009年6月13—15日
在纪念五四运动90周年声中
北京　芳古园

# 第三辑

夜空，当流星雨漫天飞过，
也唱着听不见的歌，
且仰慕这天上的海，
将承载的岁月还会多而又多。

——引自《岁月》

2011年我和鲁直在北京举办的圣约翰大学第九届世界校友联谊会上

# 致母校圣约翰

圣约翰，
我的母校，
我生命的船，
我智慧的
摇篮。

圣约翰，
我的母校，
真理和光
飘扬
在我心上。

想到你，
那如茵绿草
伸展向苏州河畔，
紫藤花垂，
和我相伴。

想到你，
那钟楼，那走廊，
学而思，思又学，
多少梦，
多少愿望。

我的母校
圣约翰，
破浪而来，
1879年你登陆
上海滩。

我的母校
圣约翰，
当四海回旋，
你促进，
西风东渐。
中国第一支足球队
比赛，甩着清朝的辫子，
开风气之先。
招收女生，1936，
从此男女并肩。

学术殿堂，
自由学风，

文、理、神、医，
院系分立，而又
综合沟通。

后增添农学院
于1944，一片新视野。
踏木桥，过河去，
我们也曾相聚，放歌，
在那篝火之夜。

回首，艰苦惨烈，
八年抗战，打垮了
日本侵略；
再奋斗，去争取
民主自由。

圣约翰，
我的母校，
听，爆竹响，天亮了，
有你的功劳，
而你不自傲。

新中国，
1952，院校调整，
你存在了七十三年，
已经培育了，
上万约翰人。

好像一位育种、播种的农夫，
你挎着箩筐抛撒
各样的良种，
到田洼，到天涯，
生根，发芽，开花。

乐于奉献，热心服务，
报效祖国、故土，
终生铭记：
Our native land
To serve。

回顾当时翩翩少年，
约莫一甲子，已成耄耋。
饮水思源，
我们，仍是你的孩子，
怀念，感谢。

圣约翰
我的母校，
让人们打开历史的大书吧，

你丰富而优美。
昭示、启迪、陶冶
后来人，
永远，永远。

为迎接圣约翰大学第九届世界校
友联谊大会的召开而作，成于
2011年2月24日北京芳古园

---

在我“奉命”写这首致母校的诗时，常怀念起离开我们已两年多的校友马究生，想着我代老同学们执笔写下的那些文字。

# 追思马兖生女士

马兖生女士遽然离开了我们，2008年12月21日，在夏威夷因心脏病发作与世长辞。

我们简直不敢相信，因为，她还如此鲜明、活跃，而又沉着地显现在我们眼前。

她是我们的同学、同事，是曾同在上海、北京、香港或国外共事的伙伴。甚至，同学同事关系兼而有之。回首60多年，风雨阴晴，可以说她是我们的终生好友。我们难以接受，但还是必须接受她已经离去这样的现实。

学生时代的马兖生，青春年少，但已是相当成熟的了。在上海圣约翰大学的校园里，在那段荒凉的苏州河畔的农学院的场地举行的篝火晚会上，席地围坐的人中当然有她。而在悄悄接待满怀同情的外国学生团体的人中有她，在以笔名写读者来信刊出于英文《密勒氏评论报》的人中也有她。她在20世纪40年代困难的政治环境里勤奋地学习、工作着。

1948年至1949年春，当马兖生被迫浪迹香港，她仍然那么热情和辛劳。为了和世界沟通，增进了解，她的英文打字机经常在那简陋的小房间里不间断地响着，有时也会从那里传出她和伙伴们爽朗的笑声。

时间临近，新中国就要诞生，马兖生悄然随船离港北上。以后，她再来到北京（当时还称为北平），见证了中华人民共和国的成立。在新中国首批派驻海外的外交队伍中，马兖生作为驻印尼大使王任叔的夫人，以她自己一贯的努力、认真、关切，使得周围的人，包括使馆汽车司机和驻棉兰的总领事，都赞赏她的大度及亲和力。

当马究生离任回国，到外交部工作，不论是在由陈家康先生主管的亚洲司还是在由龚澎女士主管的新闻司，她都曾是业务上的骨干，和年轻同事的好姐姐。有人还会记得，在外交部街上那清王朝留下的红墙红大门前，清晨去上班时，可能迎面见到骑着自行车回家的她刚结束新闻司忙碌的夜班。

勤劳而愉快的生活，在她有了女儿高潮后，又有了新的含义，那是在1956年。她也有了另一种希望和寄托。但是，谁能想到，刚过20岁，聪明而活泼的高潮竟会丧生于突然的车祸？这成为马究生在经受了“文化大革命”中的各种折腾和打击并永远失去王老后，难以置信的摧残。大家都担心她怎么能承受。可是，在追悼会上，马究生沉着回顾她这爱女短促的一生。她从一开头就讲述了当他们夫妇怀抱新生儿出院回家，途中正遇群众队伍敲锣打鼓欢庆社会主义高潮的到来。两人望着窗外，而为父的王老说，就给婴儿起名为“高潮”吧。马究生没有在会上流泪。她把巨大的伤痛压在心底，真是一位坚强而可敬的母亲。

表现在马究生其后的工作中，她仍然是那么热情和认真。在她由全国妇联推荐到联合国儿童基金会纽约总部任职的六年期间，她作为妇女和儿童方面的高级顾问，曾去到许多亚非国家。她深入农村，努力帮助当地基层民众，包括妇女儿童，改善生活和卫生条件。如，缓解水的供应和安全卫生等问题。

在马究生任内，联合国儿童基金会和中国的关系有显著发展，这与基金会执行主席格兰特的友好态度有关。而已经迈出改革开放步伐的中国，当然为之提供了大背景。马究生曾参加1978年至1979年中国政府和基金会的谈判。1979年4月，为与中国政府签订合作协定，格兰特前来签字。这是马究生从妇女儿童角度致力于国际多边合作的一项重要成果。

从联合国任满离职，已到1986年，这又是马兖生继续实现自己人生价值的一个新起点。她以深情和毅力撰写了《孙中山在夏威夷》一书，先后在台湾和大陆分别以英文和中文出版。这是她和孙中山的早年追随者、同盟会的会员林志先生的儿子林文光先生结婚后，以林氏珍藏的宝贵文物，并搜寻确凿史料，得林文光合作写成的。林文光还在1985年回国时，向中国捐赠了孙中山当年在夏威夷进行革命活动的文物，实现了他先父的遗愿。这批文物中包括林志在1911年以仅仅8个月大的林文光的名字为国捐款的收据，见证了他成为年龄如此之小的国民革命支持者。

马兖生（左）、林文光（中）与内蒙古锡林郭勒盟团委书记田永签写捐资助学协议

马兖生和林文光竟然还连续好几年一同来到中国的内蒙古锡林郭勒盟，为贫困大学生捐资助学。他俩或进行座谈，或到草原实地寻访，而且返回夏威夷后还和一些学生通信，鼓励并具体指点。这种关爱祖国后代的精神和行动，深受当地领导和青年团体等方面的赞赏、支持和配合。其后，以林文光、马兖生的名字建立的助学基金已成为一种榜样，由当地集合各方力量，构成稳定的助学组织。

这里，我们还要提到，年过八十的马兖生和年纪更比她大的林文光，曾经从夏威夷越洋飞到纽约州去探访印第安人聚居地。为了寻找印第安土著，他俩爬坡穿林，还舍不得多花时间歇息。马究生的用意，是要撰写一本这方面的专著。她为此已悉心收集了不少资料，渴求再实地考察。可惜，书终于没有能完成。但我们知道，她一生要求服务于普通民众，特别是服务于贫困者和弱者，为他们讲话的心，从来不肯停歇。

不幸，马究生女士生理上的心脏停止了跳动，她已先我们这些老同学、老同事而去了。我们有幸见证了她，会永远记得她。更重要的是，她的贡献和精神，将与世界常青。

王子成　黄振声　张毓芬　朱　良　谭雅修　鲁　平
奚　亮　陆如山　吴冠芸　钱嘉东　陈　琰　陈秀瑛
吕　霞　沈佩容　钱存学　俞慧耕　卢锦秋　吴　英
徐　英　刘亦云　黄伯春　杜受白　李之通　黄甘英
张洁珣　杜子明　陈治文　王裕禄　陈鲁直　成幼殊（执笔）

2009年1月4日
于北京

# 明月何时有

## ——复纽约香棣

我这里夜半读诗，天边飞来，意外，意悠悠，
你那里午后得复，怕也不是预想的时候。
怕是更没想到，中秋已过三天，我这里
还要把酒问天明月何时有。
她不露脸，哪管人间中秋不中秋？
让众人添一份思念，扫兴，空翘首，
夜空茫茫，晨雾随后，遮天的广袖。

会来的，莫担忧，
明月清光，千古万古，
从来都不
同时遍照环球。

于北京接到香棣的诗
中秋之后

附：香棣的诗

# 中　　秋

——北京明月纽约正午

不到月圆泪不流，
未尝月饼也中秋。
那边把酒向明月，
这边挥锄下山丘。
小院风过花草乱，
凉亭雨来蝉鸣休。
都说天涯共此时，
此时满目艳阳秋。

2011年9月12日正午
纽约　布朗士

香棣深度体会做姨奶奶的感受／玮玮摄

# 望 金 门

——化剑为犁

望金门，
从大嶝，
海空苍苍。
那岛屿
贴在天上。
也把我回望。

历史没有沉寂，
还在说。
有战败，有胜利。
当年炮打，
单日？双日？
如此火的讯息：
隔水呼唤
自家兄弟。

人流济济，
侧身柜台，
买一把剪子，
弹壳打造，
真个是
化剑为犁。

剪一幅
喜儿的窗花，
是乐是苦？
剪一座
于右任的高山，
只有痛哭……

回望
半个多世纪，
那呼喊着、挣扎着的
小“壮丁”，
海峡边，
母子心碎
伤心地。

潮涌潮退，
斗转星移，
终有那

当年被强虏的
新郎，
熬到了返回故里。
看他盖房，
修坟茔，
邻里羡慕，
叹息。

这样的情景，
竟然让
一个傻乎乎的
小孩儿动了心，
去问他自己的爷爷：
怎么你没给抓走？
老爷子，
望天，
头低。

榕树千臂，
挽住太平，
莫离莫弃。
水中央，
灯塔竖立，
一支
春秋笔。

2011年10月18日
在厦门参加第三届中国诗歌
节期间登临大嶝岛时得句
返回北京后完篇于芳古园

长子红十陪同我参加厦门诗歌节

我在厦门鼓浪屿，乘海警舰艇海上采风。

在我登临大嶝岛遥望金门的同年同一季节，征天和卢娟从汉堡到法国，看望我的姐姐、姐夫——成之凡和菲利普。

2011年10月我的姐姐、姐夫与卢娟

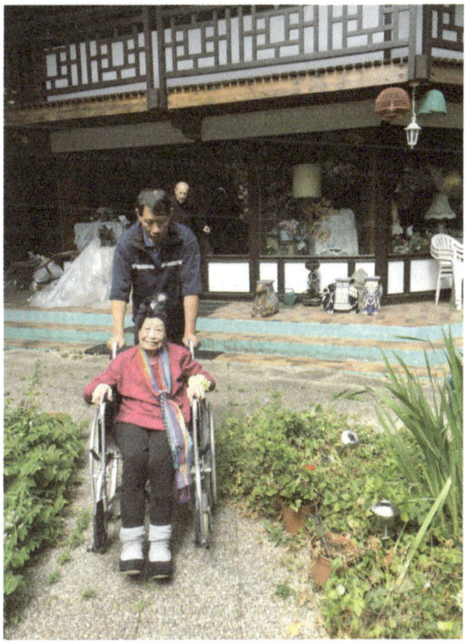

2018年8月姐姐在她家的庭院里，推轮椅的是再次前去探望的征天。后面是姐夫。

# 榕树的长胡子和丹麦老英雄

一片老榕树，
长长的胡子
飘挂，垂拂，
在厦门
我们南中国的
海边。
一队小朋友走来，
不用老师提醒，
边跑边跳，
问奶奶爷爷好。

小朋友啊，
你们可知道
地球西北边，
有个国家叫丹麦？
那里有位老英雄霍尔格，
挂着浓浓的长胡子。
老英雄端坐着，
沉睡在
一座海边古堡下的
宽大地窖里。
他的长胡子
伸进了他趴伏着的
大理石桌子。
谁也莫想
扯动他
一根胡子。

可是，
一旦国家有难，
他将霍然而起，
从被胡子拽碎的桌子后面，
举起长剑，
勇敢抗敌。
那是在一两百年以前，
就是在1848年，
安徒生写下了
这个霍尔格的故事。
你们可见过
安徒生的画像？
他倚着楼房的窗口，
望着哥本哈根的水道和船。
……
我想，
总会有个孩子问：
后来呢？

唔，后来么？
可知道第二次世界大战吗？
战争打起来，
谁也没招惹的丹麦
一夜之间
就被纳粹德国占领。
丹麦是个北欧小国，
很难打仗，
也没部署军队。
可是，他们有很多
秘密反抗的
爱国志士。
他们的国王
每天骑着马
从王宫出来，
默默地绕首都一圈，
让国民看见
不屈的，独立的旗
还在飘，
在飘。

想想看，
古堡下面
地窖里的老英雄
一定知道
那些志士，
那位国王，
还有那旗帜
在飘。
那是另一种抗争，
就在纳粹的眼皮子底下，
而强盗们正一心抢夺大国。
大炮还没有发出
出征的号召，
他还得等待。

呀，
惊雷滚滚，
欢呼震天，
欧洲法西斯都被打倒。
解放了的丹麦
和先后都解放了的兄弟们
更和我们各大洲的
许多国家手拉手，
齐步进入
在1945年10月，
创立的联合国。
那大致就是在
你们的爷爷奶奶
出生的年代。
当日本天皇也已经
宣布投降，
中国赢得了八年抗战，
难忘的八月十五，
结束了二战。

再后来呢？
又有个孩子会问。
瞧，世界并不太平，
各种纷争，
乌云一层层，
拨开一层又一层。
回头看看丹麦老英雄。
他还拖着长胡子，没醒。
原来，在他的国度，小女孩
已经不再卖火柴*，挨饿受冻，
皇帝的新衣也已经很难骗人。
虽然，问题总解决不完，
安徒生的世界
已经有不小的推进。

霍尔格还在睡，
在梦中他什么都能看见，
大概也看见了
我们中国的
许多快乐和悲伤的事情，
当然也有
我们南方那榕树的长胡子
总那么坚强，柔韧，
又一往情深。

孩子们，
请相信：
放眼世界，
人们总会
更聪明，更文明，
长长的，飘荡又实在的
未来，在等待着
你们。

2011年10月16—21日在厦门
参加第三届中国诗歌节期间，
有感而得句
返回北京后成篇于芳古园

* 街边卖火柴，是当时欧洲等地的一种乞讨方式。

# 草原金莲花

草原，
草的海，
草的浪，
托着，拥着，
一朵朵
金莲花。

她有一个
富贵的名字
——金莲花。
却真的是平民的孩子，
一群群
在草丛里长大。
任凭风吹，
牛羊踏。

天赐草原，
天赐金莲花，
天赐机缘，
车掠过，
窗里人惊讶。

灿灿摇曳着的花，
却嬉笑说
掠过窗外的，
是她。

浮云流水，
不败的花。

忆2011年夏车过内蒙古正蓝旗、
多伦草原，喜见金莲花
2011年12月下旬终落笔于
北京芳古园

金莲花，摄于正蓝旗元上都遗址。

# 荷，亭亭地

荷，亭亭地
站着。
和美的荷？
和谐的荷？
和平的荷？
春去秋来，
难觅尖尖角，
梦系新荷。

忆儿时见过，
在那长江边，
放流着的

龙潭湖公园／董胜摄

盏盏荷花灯，
农历七月十五，
仲夏之夜，鬼节，
慰亡魂。

可怜纸扎的荷花，
怎能飘远？
烛光摇灭。
已摇去
多少岁月？

且把儿时的喜，
掩起世事残片，
迎漫天烟花，
那另样的花，
又是
新的年。

荷，亭亭地
站着，
仍在眼前，
香送千家，
无言。
年年含笑
等候赏花人，
再相约千年。

2011年年末至2012年年初，
抚荷花贺片而起意
北京芳古园

# 又见夏之花扶桑

## ——南国记忆：从厦门滨海到新德里院落，兼赠出生于印度的小女儿

又见扶桑，
红彤彤的喇叭，那交叠着的大花瓣，
垂着长长的花蕊，粘着点点碎金，
一朵朵，在路边绿叶丛中，
成为树的矮墙，花的围栏，
在厦门，南中国的海岸。

又见扶桑，
那曾经，朝朝暮暮
在宁静的“神仆之路”的一个院落里*，
在院中蜿蜒的小路旁，
迎迎送送，红着脸，披着绿衣裳。
新德里，熟悉，难忘。

当小姑娘把花儿
夹在两耳上，
当垂挂在花心的长蕊
随着脚铃的晃荡似乎也在响。
在那暖暖的晴空下，扶桑，
一片欣喜，一片光亮。

扶桑花——2007年摄于印度

当小姑娘戴着扶桑
游荡进院中所谓下人的平房，
学着屋里围坐在地上的棕黑孩子们那样，
用手抓饭，又舔吮手掌侧边的汤，
在小姑娘眼里，那位望着她微笑的印度妈妈
像所有的妈妈那样慈祥。

天真的扶桑，不知道人有贵贱，
不知道那些注定世代扫地者的笤帚
连高贵者如婆罗门的影子都不能碰。
这样的种姓重负，怎能不被时代涤荡，
连同那传统的对妇女的歧视和残暴？
你是对的，国际公民，只知平等，我的小姑娘。

又见扶桑，
那喇叭般的，边缘向后翻转的花，
是不是也曾，一代又一代
把文明的号角吹响？
当觉醒了的人们，随着那位摒弃了英国绅士装的人——
圣雄甘地，摇起了印度古老的纺纱车轮。

圆圆的，扶桑花般的纺轮，
终于飘扬在独立的旗上，
1947，共和国诞生，可叹，圣雄已遭暗杀。
那纺轮摇着，涌泻着，
艰苦卓绝之志，
奔腾而来，千军万马。

又见扶桑，艳亮的
泰戈尔的夏之花，
生命之花，
任凭秋叶静美飘零，
又有何求？
诗魂千秋。

又见扶桑，厦门的海边，
连接新德里的庭院，
半个多世纪一弦悠扬，
那南国的花影
水天飘荡，
绵长。

从2011年10月中旬厦门之行起意，完篇于
12月19日晨，经订正。2013年1月20日脱手。
北京　芳古园

---

* 指神仆路（Bhagwandas Road）2号宅院。20世纪50年代中国驻印度大使馆文化处办公兼生活之处。当年我与负责新闻出版工作的夫君安家于此。因在使馆办公室上班，我喜得每天穿过后院，进入附近金厦（Jind House）的苍翠院落。

2015年是中印建交65周年，外交笔会和五洲传媒出版社合作编撰了《中国和印度的故事》，是为配合周边和公共外交策划的“我们和你们”系列丛书之一。我应召写了以下文字，刊于《中国和印度的故事》书中，该书2016年3月出版。

# 难忘“印中人民是兄弟”的岁月

从事外交工作，是我本来没有想到过的。1953年年初，我离开了1949年从香港回来参与创建的广州《南方日报》，同先期到京的丈夫陈鲁直一起在外交部工作。

在我的外交生涯中，缘分最深的也许是印度。因为，中印关系中迄今为止的三个阶段——友好、抗争、恢复和发展，我都曾经参与其中。人生几何，从20世纪50年代以迄，我个人和印度的关系断而又续。而中国和印度这两个亚洲大国互相为邻，即使沧海桑田，这种情况又怎么会改变？

## 新相知

经过整整60年的国际风云，一件依旧浑然在目的大事，就是印度总理尼赫鲁1954年10月对中国的访问。作为亚洲司主管科里的一名成员，我曾随同有关同志一起参加临时组建的接待尼赫鲁总理办公室的工作。

办公室设于外交部东楼二层的部办公厅（指外交部街原址），厅主任是王炳南。会客室和宴请大厅在楼下，当时兼任外交部长的周恩来总理有时在这里举行宴会，招待外宾。对外接触最多的交际处（后改称礼宾司）、领事司等单位也在楼下。东楼因为向来对外，气派和我们地区司等所在的西楼很不一样。单说东楼那两扇镌有双龙的高大玻璃门就还是清廷的遗物。秋季总有两大盆金桂陈放在这玻璃门两侧，散发着清醇的香气。而培养它们的玻璃花房，就搭在我们西楼前的小院子里。所以我们虽在西楼，却是可以先闻其香的。

对于我来说，在接待尼赫鲁总理过程中，最动人心魄的一幕，莫过于毛泽东主席和朱德总司令等国家领导人与主持宴会的周恩来总理一起步入北京饭店宴会厅的一瞬间了。当年的北京饭店是为贵宾举行国宴最辉煌的场所。红柱彩顶，光照璀璨，乐队鸣奏，伟人莅临，那满面春风，满面红光，气魄直逼四坐而又暖人肺腑。我这时只是呆呆地凝望，把自己融于全场的欢乐之中。

新中国正如日升于东方，不论是敌是友都为之震动了。

尼赫鲁总理总是那一身白色民族装束，戴一顶白色的国大党船形帽，胸前别一朵红玫瑰。与他同行的女儿英迪拉·甘地夫人正青春年少，笼罩在一袭印度纱丽之中。不论是主人方面的陪客，还是应邀前来的各国使节等外国来宾，都欣悦于一睹尼赫鲁这位和印度圣雄甘地一起为自己的国家赢得独立的传奇性领导人的风采。

毛主席会见了来访的尼赫鲁总理，所赠礼品有折扇一把，并亲手题写了两句楚辞：“悲莫悲兮生别离，乐莫乐兮新相知。”赠以屈原《九歌》中这深情而悱恻的诗句，可以看出无论在领导人个人之间还是在两个国家之间，那友谊是不一般的。中印两国有着共同的苦难和奋斗的经历，而印度又是早在1950年4月1日就和新中国建立外交关系的第一个非社会主义国家，尼赫鲁很自然地也是最早来访的非社会主义国家领导人。在国际讲坛上，印度主张恢复中国在联合国的合法席位，台湾应归还中国，不赞成当时的美国提出的诬蔑中国抗美援朝为“侵略者”的决议，友谊确非偶然。

同时，毛主席在和尼赫鲁总理的晤谈中也说过这样的话：“朋友之间有时也有分歧，有时也吵架，甚至吵到面红耳赤。但是这种吵架同我们和杜勒斯的吵架，是有性质上的不同的。”那么，中印之间曾进行过怎样的“吵架”呢？

原来，印度虽然长期遭受殖民主义的侵略占领，但是，1947年独立时还在中国的西藏享有英国遗留下来的一些特权。这是在中印之间首先突出起来并亟待解决的问题。在中国解放西藏的时候，印度就曾表示“惊异和遗憾”。西藏和平解放以后，印度向中国提出了关于在西藏特权的备忘录。这就导致了两国在1953年底开始进行的谈判。1954年4月29日两国达成协议，签署了《中印关于中国西藏地方和印度之间的通商和交通协定》，双方还互换了有关文书。对于当时解决条件还不成熟的边界问题，中国方面的原则是留到以后再谈，以便上述协议易于达成。

作为谈判后方的一个新兵，我当然十分高兴于眼见通过谈判得以明确清除过去英国侵略西藏的痕迹。那主要是：文件规定印度全部撤出它驻在亚东和江孜的武装卫队，而印方本来是要求换防的。文件又规定印度在西藏地方经营的邮电企业及其设备和印度的12个驿站都移交给中国。这些驿站，印方本来是要求去“视察”的。同时，令人欣慰的是，文件确定了促进中国西藏地方和印度之间的通商贸易以及便利两国人民互相朝圣和往来的各项办法。仅以西藏的冈底斯山和玛法木措湖而言，就是印度教和佛教信徒心向往之而要跋涉前往的朝拜圣地。

应该说，尤其重要的是协定序言中对和平共处五项原则的确定。1953年12月31日，周恩来总理在接见印度政府代表团成员时就告诉他们："新中国成立后就确立了处理中印两国关系的原则，那就是，互相尊重领土主权、互不侵犯、互不干涉内政、平等互惠和和平共处的原则。"印度方面当时就同意以这五条为指导谈判的原则。

谈判的中方首席代表章汉夫副部长作风沉稳严谨。当时，他就住在外交部对面的小宅院里，可说是日夜都守着外交部。印方首席代表是瘦高的资深外交官赖嘉文大使。谈判过程中的所有方案、文件都要上报中央，经中央政治局常委和毛主席圈阅批准。而周总理读到哪里就圈点到哪里的墨迹，更使人感到一字千钧的分量。

当协定于4月29日晚在中央人民广播电台播出时，我们七八个有关同志聚集在亚洲司办公室的收音机旁静静聆听。当时我们这些做具体工作的人都还年轻，连司长陈家康也不过41岁，却被人半开玩笑地尊为"家老"。其实他风趣而机敏，只是喜欢把两手像清朝"遗老"似的互插在袖筒里。副司长何英才39岁。那晚和我们一起在办公室听广播的还有当时任中央人民政府驻西藏代表外事帮办的杨公素。他那背靠小沙发，因办完这件大事而显露出如释重负的神情至今仍会浮现在我的眼前。他是专程从西藏提前到来的。当他把一些从西藏带来的古老地图摊开在地毯上，大家关注的目光曾从那如同中国传统水墨画般的一座山移向另一座山，一条河移向另一条河。现在，从广播中我们终于听到了中国外交新天地的晨曲。我们共同的忧思和困顿都在那清亮凝重的嗓音中涤去。和平共处五项原则自此向全世界公布。

# 周恩来总理三访印度

1954年中印协定签订还不满两个月，周总理就首次访问了印度，并随即访问缅甸。在6月28日和29日周总理先后与印度总理尼赫鲁和缅甸总理吴努分别签署的联合声明中，和平共处五项原则进一步展现光辉，被倡议为国际关系的准则。在新德里，周总理受到印度朝野热烈而隆重的欢迎。那时，先我赴印度的陈鲁直在使馆文化处忙于新闻公报并与记者等各界人士打交道。“印地秦尼帕伊帕伊”（印中人民是兄弟）的欢呼声中又加上了“潘查希拉金德巴”（五项原则万岁），越过山山水水传到中国，传到全世界。

1955年春，我奉调到中国驻印度大使馆工作，来到了既遥远又邻近，既陌生又知悉的印度。当时使馆“金厦”馆舍，是租自一位印度土王的宅院，那座老式平房，地面本来只是用水泥抹上的。人们告诉我，周总理1954年来访时曾对首任中国驻印度大使袁仲贤说：你这位将军，把使馆也办成了兵营了。我到馆后才见到工匠趁天暖，使馆对外活动可以在草坪举行的季节，把室内地面改成了水磨石的。

袁大使是南昌起义时的老干部，为人豪爽，光头不蓄发，下巴还有个明显的弹孔疤痕，工作雷厉风行。他有时谈笑风生，和三五馆员随便讲讲亲身经历的险事趣事，从国内战争到抗日战争，包括1949年4月的“英国紫石英号军舰事件”。当时英舰侵入我国长江并开炮肆凶，被我国击伤后偷逃，袁大使是在南京代表人民解放军发表声明的发言人。

我和袁大使在尼赫鲁总理访华时就已经相识。

那时中印两国友好空气甚浓，各种重要互访和文化交流频繁，其中包括1955年冬宋庆龄副主席对印度的访问。这时，她比我1946年冬在上海《新民晚报》当记者时所见发福多了，但

1958年国庆，潘自力大使（中）在中国驻印度大使馆院内，会见前来祝贺的印度妇女，潘大使左手边第二人是我。

1959年国庆，鲁直（右一）在中国驻印度大使馆文化处门前，会见前来祝贺的印度文化界人士。

仪态依旧，在印度受到隆重而热烈的欢迎。这次访问由廖承志陪同，我们在使馆得以领教他在繁忙工作中，为文仍旧倚马可待的才智。

1956年底，周总理应邀第二次访问印度。他全副冬装，头戴皮帽，到达德里帕兰姆机场。那里的12月也颇寒冷，只是不下雪而已。周总理仍然是精神抖擞，陪同他的有贺龙副总理等。和前次一样，尼赫鲁总理到机场迎接，车队也再次把挂满花环的周总理送往印度总统府下榻。4岁多的小姑娘嘟嘟当时在机场向周总理献花，她是参赞叶成章和夫人张琬的掌上明珠。一帧她的小圆脸挨着周总理的照片是由印度记者抢拍下来的，随后被选用在使馆新闻期刊的封面上。这时的中国大使已由潘自力继任。他也是大革命时期的老干部，处世持重，对人宽厚而律己很严。

周总理和贺龙副总理由尼赫鲁总理陪同前往印度最大的巴克拉—南迦尔水电工程参观，并在从新德里赴加尔各答的火车上共度除夕。这真是一种不同寻常的友好安排。在奔驰的火车上，他们除了纵论国际形势，周总理还告诉尼赫鲁总理，中国和缅甸已经要谈判解决两国边界问题，并恳切说明中国政府对于历史遗留下来的边界问题所持的态度。可惜，尼赫鲁总理固执己见，并无借鉴中缅之意。中印关系的困难时期终于一步步来临。

周总理于1960年4月第三次来到印度。这时，周总理已不再兼任外交部长，而由与他一起访印的陈毅副总理继任外长。

在帕兰姆机场，面对迎向飞机舷梯的尼赫鲁总理，周总理仍然愉快和礼貌地同他握手致意，但后者却难掩满面尴尬。他已在给周总理的回信里说，不可能举行任何“谈判”，只同意进行“会晤”。

两国总理这一瞬间的不同表情，被印度记者捕捉而凝结在孩子献花的一幅照片上。这次机场献花者中有陈鲁直和我在印度出生的4岁小女儿香棣。她穿着白色衣裙和小红鞋，举花趋前说："总理，您好！"在这样的场合，周总理竟仍不忘答谢，并微笑着俯身询问："你叫什么名字？"

周总理在访印期间和尼赫鲁总理进行了多次长谈，还同印度总统、副总统和国防、内政、财政等负责官员分别长谈。两国总理充分说明各自在涉及边境地区问题上的立场，但是没能取得解决分歧的成果。双方仅仅同意，由两国官员共同审查、核对和研究有关边界问题的事实材料并向两国总理提出报告。这就是后来进行多次的中印官员"会晤"（同样不称为会谈）的由来。

这样，周总理访印一个星期，离印前夕只能和尼赫鲁总理发表了一个不能令人满意却又不可能更好的联合公报。但是就在同一天，即4月25日晚上，周总理举行了一次非常成功的记

红十陪同我们参加2012年外交部笔会年会，左一鲁直，左三我，右一红十。

者招待会。在会上发表的书面讲话里，周总理提出了他本人认为在边界问题上中印双方应能找到的6个共同点或者接近之点。然而，印度方面连6个共同点的第一条即“双方边界存在争议”都不愿承认，却咬定是中国向印度提出了“领土要求”，又“侵略”了印度。与会的印度和各国记者共有150多人，提问踊跃，周总理一一从容应对。招待会开得很是热烈。中国合情合理的和解态度，通过周总理直接阐述，在印度以至在国际上产生了轰动，影响深远，特别是对于那些关心中印边界问题和中印关系的亚非国家，影响更大。一些抱有偏见的西方记者也从周总理的高姿态中增进了对中国的理解。

光阴荏苒，自周总理第三次访印至今，已经过去半个多世纪。抚今追昔，我心潮起伏，北京和新德里当年的外交风云又飘动于眼前。仰望西天，毛泽东、周恩来、尼赫鲁的时代已经隆隆而过。中印这两个正在继续求索、开拓未来的东方大国，不论过去经历过、也许将来还会经历什么曲折，终将携手共进。

# 荠 菜 花

上天送我一棵荠菜，
不知怎的，从窗外飞来，
小小的白花，一簇簇。
小小的精灵，各显风采，
谁栽？

意外的喜，来自窗外，天外，
千载，万载，邂逅不再，
你和我，不再。
遥望，花和人，新姿旧态，
归来。

2013年3月末，追记
北京芳古园

# 听 鸟

听，什么鸟儿的声音？
不是喜鹊，不是燕子，是莺？
落窗台，唤几声，没见。
撒下欢喜，又去了，树丛，天边？

啊，我的鸟儿，是你
衔来了春，还是春吹来了你？
愿你去树丛，天边，
只莫落入笼子里。

一朵阴云，新型禽流感，遮挡视野。
谁之过，谁受过，我，还是你？
世界待破解，又一个新命题，首先
出现在我的中国，这里。

2013年4月11日晨至4月末
北京　芳古园

---

昔日戏言身后事，今朝都到眼前来。——（唐）元稹

诗人元稹在《遣悲怀三首》中的感慨，诚属“此恨人人有”，无可避免，必须面对。下面是我追念鲁直的一首诗。

2014年冬

于北京芳古园

# 我 在 这 里

## ——代拟鲁直应答

“高山雾迷日垂西，
低头寻觅，
你在哪里？”

我在哪里？
缥缥缈缈难寻？
透过怎样的光，
驾着怎样的云，
能看到我吧，
在读？在写？
在托腮沉吟？
一开口
响亮，简明，
或也滔滔不绝，
倘若话题可心，
更逢知己倾心，
层层深入，
仿佛醉入酒缸底。
兴起，且哼一段
萧何月下追韩信*，
舞台就在家里。

啊，哈，
追梦寻星，
风徐风疾，
朝露晶莹，
晚霞托日，
目送归鸟，
秋叶坠地，
心安神怡，
忙中闲，
闲中忙，

1998年参加花展，共同嗅着鲁直手里拿着的一支玫瑰花。

我和鲁直在海边

且思量
世界格局
人生真谛。

来无牵挂，
去何憾，
碧海长空，
大千世界，
万种风情，
在其中
已拥有
一席之地。
恬淡
志弥坚，
无求而喜。

人称驾鹤，
究如何？
且翩翩而起，
向西，向西，
东方又见
初来者
新羽翼。

月儿升起，
或缺，或圆，
难全。
映照我，
照你，
千古一瞬，
天外天，
何止万万里。
星辰日月，
天上人间，
只不过
先后而已。
莫悲切，
且把眼儿抬起，
看，我在这里。

“你走好，暂别了，
圣约翰同窗，又经
结缡六十六载**，
何幸已偕老，
天堂里
再相对而笑。”

---

* 鲁直生前爱唱的麒派京剧曲目。

** 作者与鲁直1945年在上海圣约翰大学就读时相遇相知，并于1948年夏结缡，迄至2014年冬，已66载。

小儿子征天作的——

# 送　别　词

前天，2014年10月5日早上，亲爱的老爸、我们的亲人陈鲁直老先生、老爷爷，因心肺功能衰竭安详地停止了呼吸。

他的一生，正如少年时他把原来的名字陈荣绂改为陈鲁直那样，追求真理，爱憎分明，光明磊落，耿直率真。他践行着改名的初衷，崇尚鲁迅精神，横眉冷对千夫指，俯首甘为孺子牛，做中华民族的脊梁。

鲁直与小儿子征天

他的人生历程伴随着共和国的诞生和成长。他年轻时先后在上海、香港从事学生运动和新闻工作，为共和国的诞生而奋斗。新中国成立后，他参与创办《南方日报》。从1952年冬起，他投身于外交工作，长年派驻国外，先后在印度、尼泊尔、巴基斯坦、纽约联合国总部和丹麦、冰岛等地任职。任满回国后，他又从事了十年的太平洋经济合作事务的工作，参与了全国人大、全国政协及其他活动，晚年勤奋著作。他不仅是一位将共产主义理论在外交战线上应用的实践家，更是这一理论的探索者。从中年时在五七干校讲授《反杜林论》，到离休后研究马克思的晚年思想、苏联的社会主义模式，无论现实是如何的不尽如人意，他始终是他自己心目中理想世界的追随者。总之，正如我们今年年初在他的生日贺词中所写的：纵横南北九十载，学贯中西无止境。

作为他的亲人，我们深深地为他的坚毅品格所折服。面对疾病，他从不屈服，自始至终乐观豁达，君子坦荡荡，生命不息，奋斗不止。无论在亲人还是医生面前，他从来没有抱怨过痛苦和不满。每当亲人们担心时，我们听到的往往是他爽朗的回应：真舒服呦！ Wonderful! 他是一位不惧病魔的勇士！

我亲爱的老爸，我们亲爱的老爷子：您是永远活在我们心中的这样一位伟人！我们在一起悼念您，送别您，您老一路走好！

征天

2014年10月7日

---

《联合国国际退职公务员协会季刊》(2014秋/2015冬）的第17—18页刊发了《陈鲁直讣告》。中文翻译文本如下：

# 陈鲁直（1925—2014）

原联合国维和行动副秘书长办公室主任（司长）陈鲁直先生于2014年10月5日在北京溘然仙逝。陈鲁直是中国恢复联合国合法席位后在联合国担任高级官员的中国雇员之一。1977年，他作为安理会司副司长在联合国总部工作了七年。

1925年2月1日，他出生在江苏南京江浦县，幼年就读于其祖父创办的小学。青年时，他改名“陈鲁直”，希冀自己如他所崇敬的鲁迅先生一样刚正。鲁迅的名言“横眉冷对千夫指，俯首甘为孺子牛”象征着中华民族的脊梁，陈鲁直的一生也在对此践行。他思想开放、正直坦率，一生寻求真理，爱憎分明。

陈鲁直见证了新中国的成立和发展。1945年日本投降后，当时还是上海圣约翰大学历史系学生的陈鲁直一直活跃于地上、地下的学生运动和出版活动。1948年，他与其同学成幼殊女士结婚，当年从上海流亡到香港。在港期间，他担任《文汇报》编辑。新中国成立后，他参与了广州《南方日报》的创刊，任总编辑室副主任。1952年，他投身新中国的外交事业，此后30年一直在中国驻外使领馆工作，先后在印度、尼泊尔、巴基斯坦和联合国工作。1984年，从联合国卸任后，他担任中国驻丹麦大使兼驻冰岛大使。1987年从丹麦回国后，他担任中国太平洋经济合作委员会常务副会长，直至1998年退休。他还曾任第七届全国人大常委会外事委员会顾问、第八届全国政协委员。

1998年退休后，陈鲁直仍活跃在众多领域，担任客座教授、讲师、高级顾问、研究员、作家和编辑；他的观点在他的著作中均有表现，先后著有《民闲论》《马克思晚年论东西方道路》《东西方道路与世界秩序》《社会主义与社会资本主义》等书。

作为曾经的联合国秘书处雇员，他也一直积极推广联合国的事业，与北京语言大学联合国研究中心的李铁城教授共同主编了《联合国和世界秩序》一书。他还是2003年出版的《联合国里的中国人》（上、下）编委会主任，该书收录了大量于1945年到2003年在联合国担任职位的中国籍雇员资料。

在漫长而卓有成就的一生中，他对国际关系与国际事务都抱有极大的热情，并为之不懈努力，探求真理，对东西方文明都有浓厚的兴趣。他与妻子成幼殊携手走过了66年的婚姻，他们育有4个儿女，3个孙儿孙女，1个重孙。

他的家人和朋友都会深切怀念他。

黄圣义　陈香棣

2015年1月

英文原文文本如下：

CHEN LUZHI (1925-2014)

Chen Luzhi (陈鲁直), a former Director in the Office of Peacekeeping Operations of the United Nations Secretariat, died peacefully in Beijing, China on 5 October 2014 at the age of 89.

Chen was one of the high-ranking Chinese staff members who joined the Secretariat following the restoration of the seat of China to the People's Republic of China. He was initially recruited in 1977 as a Deputy Director in the Department of Political and Security Council Affairs and served the United Nations for seven years as an international civil servant.

Chen was born on 1 February 1925 in the township of Jiangpu, near the city of Nanjing. He attended a primary school founded by his grandfather. In his adolescence, Chen changed his given name to Luzhi (鲁直), which was made up to signify a person of upright character in the manner of the famous author and social critic Lu Xun, whom he admired. One of Lu Xun's famous couplets reads: "Fierce-browed, I coolly defy a thousand pointing fingers … Head bowed, like a willing ox, I serve the children." To Chen, it represented the backbone of the Chinese nation. He lived up to his name: he was open, candid and frank, always pursuing the truth and being clear about what to love and what to hate.

The course of his life was interwoven with the birth and growth of the People's Republic of China. After the Japanese surrender in 1945, as a student of history at St. John's University in Shanghai, he became active in the student movement and worked in both public and underground journalism and publishing. In 1948, he and his schoolmate Cheng Youshu announced their marriage, having been forced to flee from Shanghai to Hong Kong. While in Hong Kong, Chen served on the editorial staff of the popular newspaper, *Wenhui Bao*. After the founding of New China, he participated in the creation of the *Southern Daily* in the city of Guangzhou and served as a deputy director of its editorial office.

Since the winter of 1952, Chen devoted himself to the diplomatic service of New China, being stationed abroad for nearly three decades. He served in the Chinese Embassies in India, Nepal and Pakistan, apart from his service with the United Nations. In 1984, a year after his resignation from the Secretariat, he was appointed China's Ambassador to Denmark and Iceland.

Immediately after his return from Denmark to Beijing in 1987, Chen was offered the post of Secretary-General of the Chinese National Commission for the Pacific Economic Cooperation Council, in which he served until 1998. During that period, he also participated in the National People's Congress (NPG) in 1988 as an advisor to its Foreign Affairs Committee and participated as a member in the Chinese People's Political Consultative Conference (CPPCC) in 1993.

After his retirement from government service in 1998, Chen continued to be active in many ways as an adjunct professor, lecturer, advisor and, most of all, as a prolific writer and editor, on subjects of public interest. His views were reflected in his books published mostly in his later years, including *On Leisure for the People*; *Marx's Thoughts on East and West Roads*; *East and West Roads and World Order*; and *Socialism and Social Capitalism*.

As a former staff member of the United Nations Secretariat, he also helped to promote the cause of the world organization. Together with Professor Li Tie-Cheng, Director of the Center for United Nations Studies in the Beijing University of Language and Culture, he co-edited a book titled *United Nations and World Order*.

He also served as the Chairman of the Editorial Board for a two-volume book titled *The Chinese in the United Nations* (《联合国里的中国人》) that was published in 2003 to provide a comprehensive collection of the service records of a large number of international civil servants of Chinese origin who served in various capacities during the period from 1945 to 2003.

Through his long and remarkable life, Chen worked in international relations and world affairs with great enthusiasm and continuously pursued the quest of knowledge in Chinese and Western civilizations with keen interest.

He is survived by his wife of 66 years, Cheng Youshu, four children, three grandchildren and a great grandson. He will be greatly missed by his family and friends.

Y. Huang and Chen Xiangdi

2015年3月11日，屠岸来信评论《我在哪里》，并谈及有关事宜，下面是他来信的影印件。

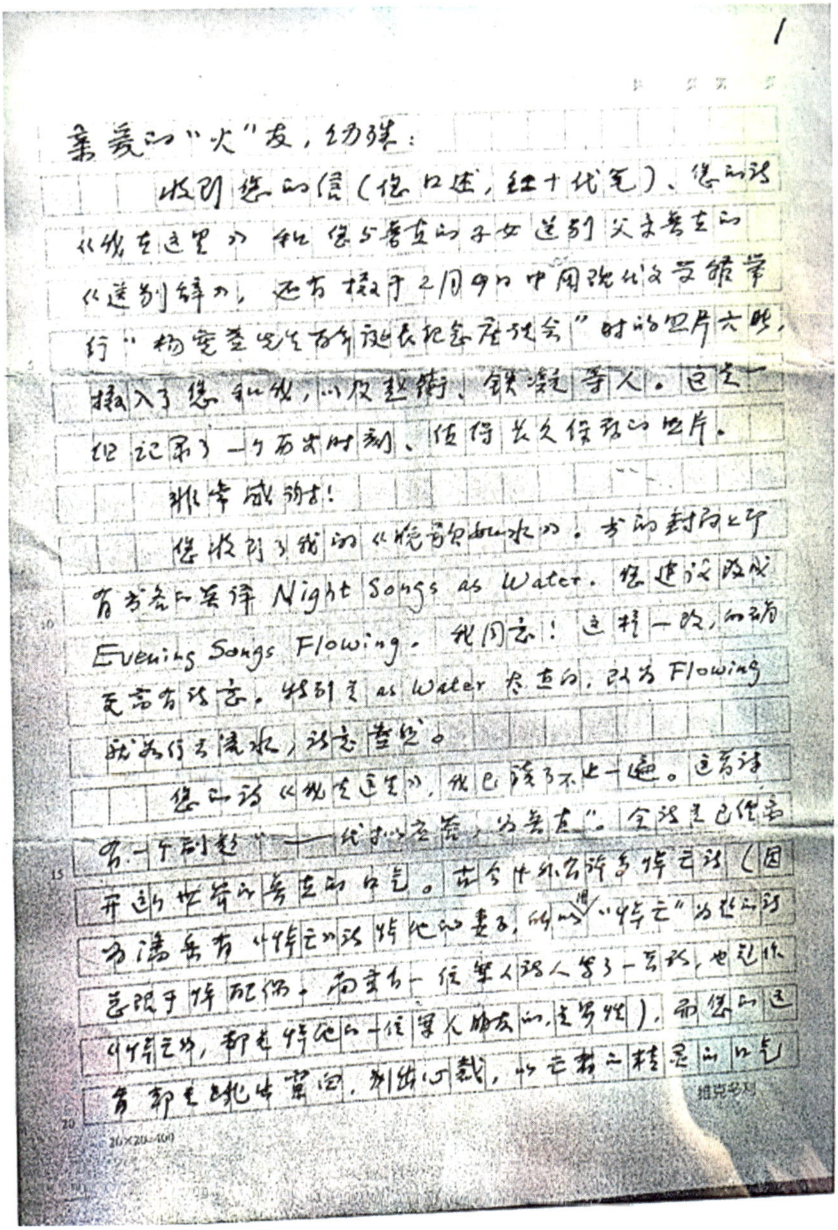

1

亲爱的"火"友，幼殊：

收到您的信（您口述，红十代笔）、您的诗《我在这里》和您与普克的子女送别父亲普克的《送别辞》，还有摄于2月9日中国现代文学馆举行"杨宪益先生百年诞辰纪念座谈会"时的照片六张，摄入了您和我，以及赵蘅、铁凝等人。这些照记录了一个历史时刻，值得长久保存的照片。

非常感谢！

您收到了我的《晚歌如水》。书的封面上印有书名的英译 Night Songs as Water. 您建议改成 Evening Songs Flowing. 我同意！这样一改，的确更富有诗意。特别是 as Water 太直白，改为 Flowing 就成为行云流水，诗意盎然。

您的诗《我在这里》，我已读了不止一遍。这首诗有一个副题"——代拟普克，为普克"。全诗是已经离开这个世界的普克的口气。古今中外有许多悼亡诗（因为潘岳有《悼亡》诗悼他的妻子，所以"悼亡"为悼妻的诗，并不限于悼配偶。而是有一位军人诗人写了一首诗，也记作《悼亡》，都是悼念他的一位军人朋友的遗孀性）。而您的这首却是以已逝者的口吻，别出心裁，以亡者之精灵的口气

共　页第　页

写出，令人耳目一新，也耳目一惊！但更重要的不是形式和构思的创新，而是新的内涵，表述的已经不是个人的生死，而是以诗的语言，纵论生命的存废，天地的周旋，宇宙的玄奥，蕴蓄着深邃的哲思。这首诗堪称您晚年的巅峰之作。您宝刀不老——何止不老，而是更加锋利！您啊，真是晚年突放耀眼的异彩！夕阳无限好，美在近黄昏！

弥尔顿有悼亡友的《利西达斯》，雪莱有悼济慈的《阿童尼斯》，丁尼生有悼亡友的《悼念集》，元稹有《遣悲怀三首》，陆游有《沈园二首》……都是诗史上的名篇佳构。然则您的《我在这里》，摆脱传统，真可谓“一空依傍，自铸伟词”！如果我来撰写《中国诗史》，或者《世界诗史》，我必对《我在这里》加以论析，浓墨重彩，重点突出。

周有光夫人张允和九二高龄逝世后，有光从悲痛中站起来，对我说：西方哲人有言：人的死亡是为后来者腾出生存空间，使人类生生不息。所以我们要以平静的心态来面对它。有光的话，我铭记在心里。

祝平安怡和，我与您一同度过宁谧的晚年。

屠岸　2015.3.11.

羊年吉祥！

20×20=400　维克多利

这是信中提到的“杨宪益百年诞辰纪念座谈会”的两张照片：

前排左起第三我，第四屠岸；第二排左起第六铁凝，第八赵蘅。

前排坐着的是我和屠岸，后排两位握手的是铁凝和赵蘅。

---

下面是屠岸信中提到的《晚歌如水》封面和扉页上赠词。

赠词为：

亲爱的“火友”幼殊、鲁直：

你们好！真不想让你们费神，但又真想听听“火友”的意见！

屠岸

2014年4月24日

---

下面是屠岸信中开始提到的、红十代笔的信的影印件。因卢世光一直病重住院，鲁直辞世没有告诉他，所以他元旦的来信还是写给屠岸、鲁直和我三人。他竟在自己辞世的前四天，手书了这封长信，令人感佩。

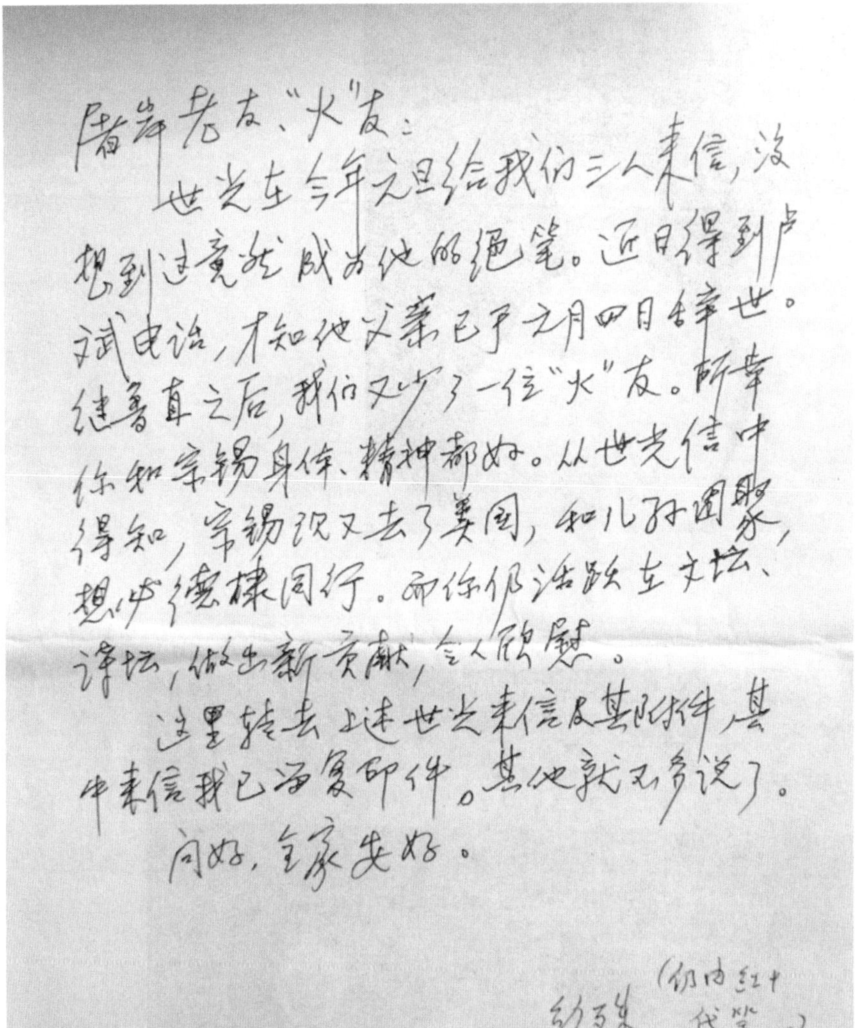

陆岩老友、"火"友：

世光在今年元旦给我们三人来信，没想到这竟然成为他的绝笔。近日得到卢斌电话，才知他父亲已于元月四日辞世。继鲁直之后，我们又少了一位"火"友。所幸你知宗锡身体、精神都好。从世光信中得知，宗锡现又去了美国，和儿孙团聚，想必德棣同行。而你仍活跃在文坛、诗坛，做出新贡献，令人欣慰。

这里转去上述世光来信及其附件，其中来信我已留复印件。其他就不多说了。

问好，全家安好。

幼殊（仍由红叶代笔）

2015年元月11日

鲁直与“火友”吴宗锡

“火友”合影
左起：陈鲁直、卢世光、卢夫人陆墨珠、成幼殊、屠岸

以下是卢世光的来信：

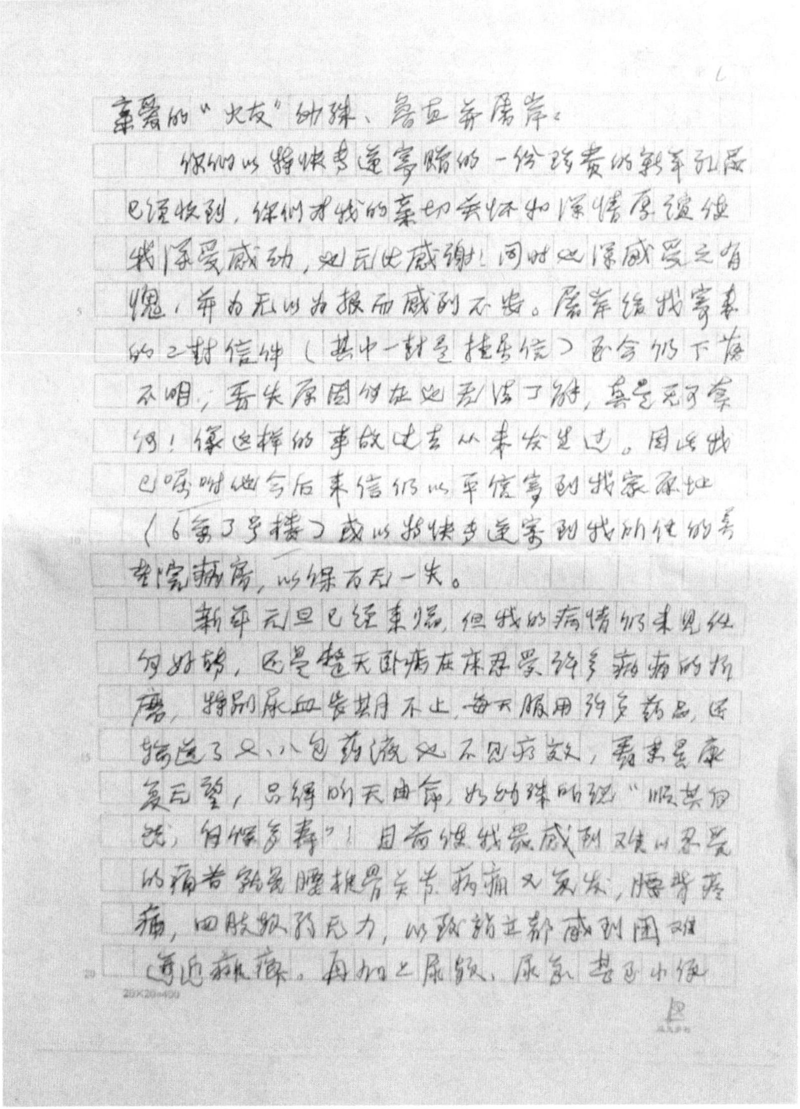

亲爱的"火友"幼殊、鲁益并居岸：

你们以特快专递寄赠的一份珍贵的新年礼品已经收到，你们对我的亲切关怀和深情厚谊使我深受感动，衷心感谢！同时也深感受之有愧，并为无以为报而感到不安。居岸给我寄来的二封信件（其中一封是挂号信）至今仍下落不明，丢失原因何在也无法了解，真是无可奈何！像这样的事故过去从来发生过。因此我已嘱咐她今后来信仍以平信寄到我家原址（6条7号楼）或以特快专递寄到我所住的医院病房，以保万无一失。

新年元旦已经来临，但我的病情仍未见任何好转，还是整天卧病在床忍受许多病痛的折磨，特别尿血长期不止，每天服用许多药品，还输进了七、八包药液也不见疗效，看来是康复无望，只得听天由命，如幼殊所说"顺其自然，自保多寿"！目前使我最感到难以忍受的痛苦就是腰椎骨关节病痛又复发，腰背疼痛，四肢软弱无力，以致站立都感到困难而迫躺床。再加上尿频、尿急甚至小便

---

卢世光（1923—2015），笔名狄蒙。1945年投身革命，曾被学友推选为"野火诗歌会"主席。新中国成立后，长期在国家对外贸易部门做文秘、研究工作，曾被派往中国驻法国大使馆任商务参赞；退休后曾担任中国国际贸易学会顾问、《国际贸易论坛》杂志总编。——编者注

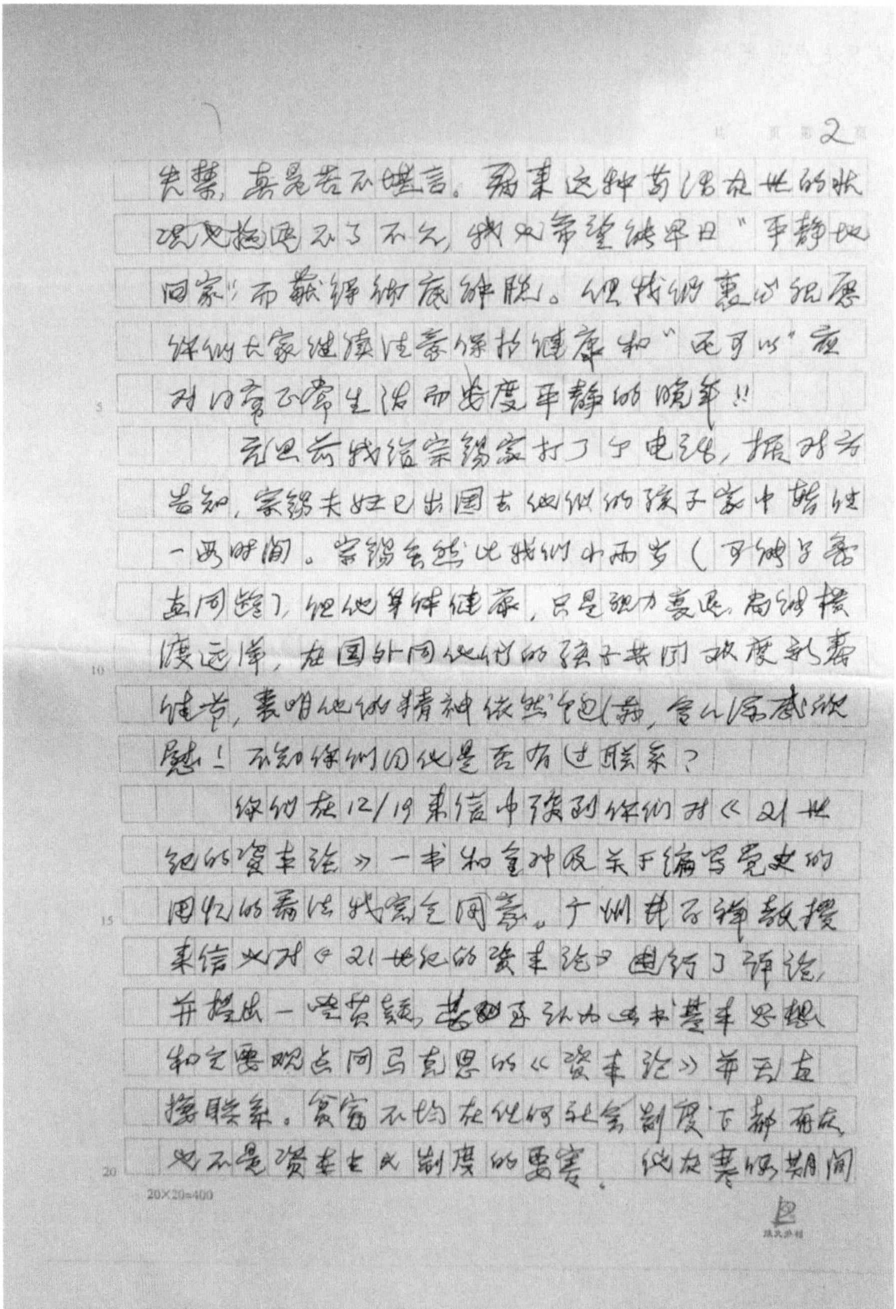

第2页

失禁，真是苦不堪言。看来这种药治疗此病的状况也摆脱不了不久，我只希望能早日"平静地回家"而彻底解脱。但我们衷心祝愿你们长寿继续注意保护健康和"还可以"应对日常生活而安度平静的晚年!!

元旦前我给宗锡家打了个电话，据对方告知，宗锡夫妇已出国去他们的孩子家中暂住一段时间。宗锡虽然比我们小两岁（可能多有点问题了，但他身体健康，只是视力衰退，尚能横渡远洋，在国外同他们的孩子共同欢度新春佳节，表明他的精神依然饱满，令人深感欣慰！不知你们同他是否有过联系？

你们在12/19来信中谈到你们对《21世纪的资本论》一书和金冲及关于编写党史的回忆的看法我完全同意。广州林子锋教授来信也对《21世纪的资本论》进行了评论，并提出一些质疑，甚至认为此书基本思想和主要观点同马克思的《资本论》并无直接联系。贫富不均在任何社会制度下都有，也不是资本主义制度的要害。他在养病期间

20×20=400

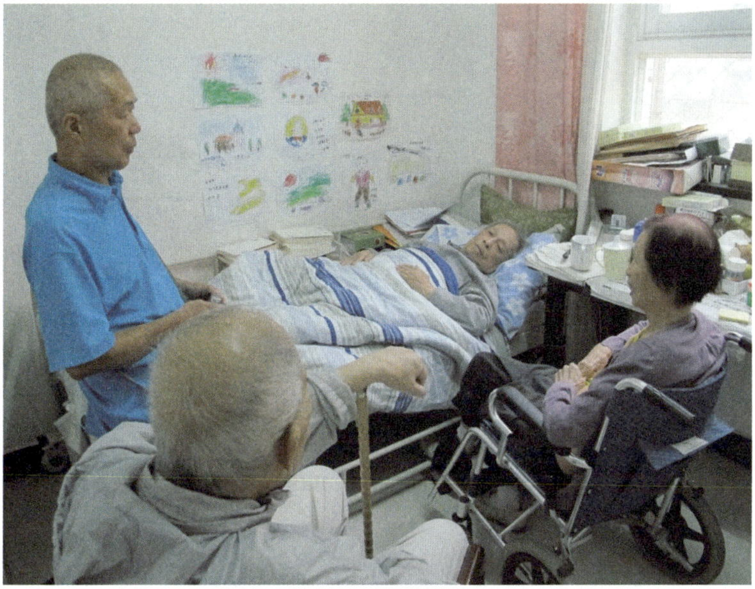

2013年9月18日 鲁直和我到医院探望卢世光，左一站立的是我们的长子陈红十。

2014年1月11日 鲁直和我到医院看望卢世光，右二是卢世光的小儿子卢斌。

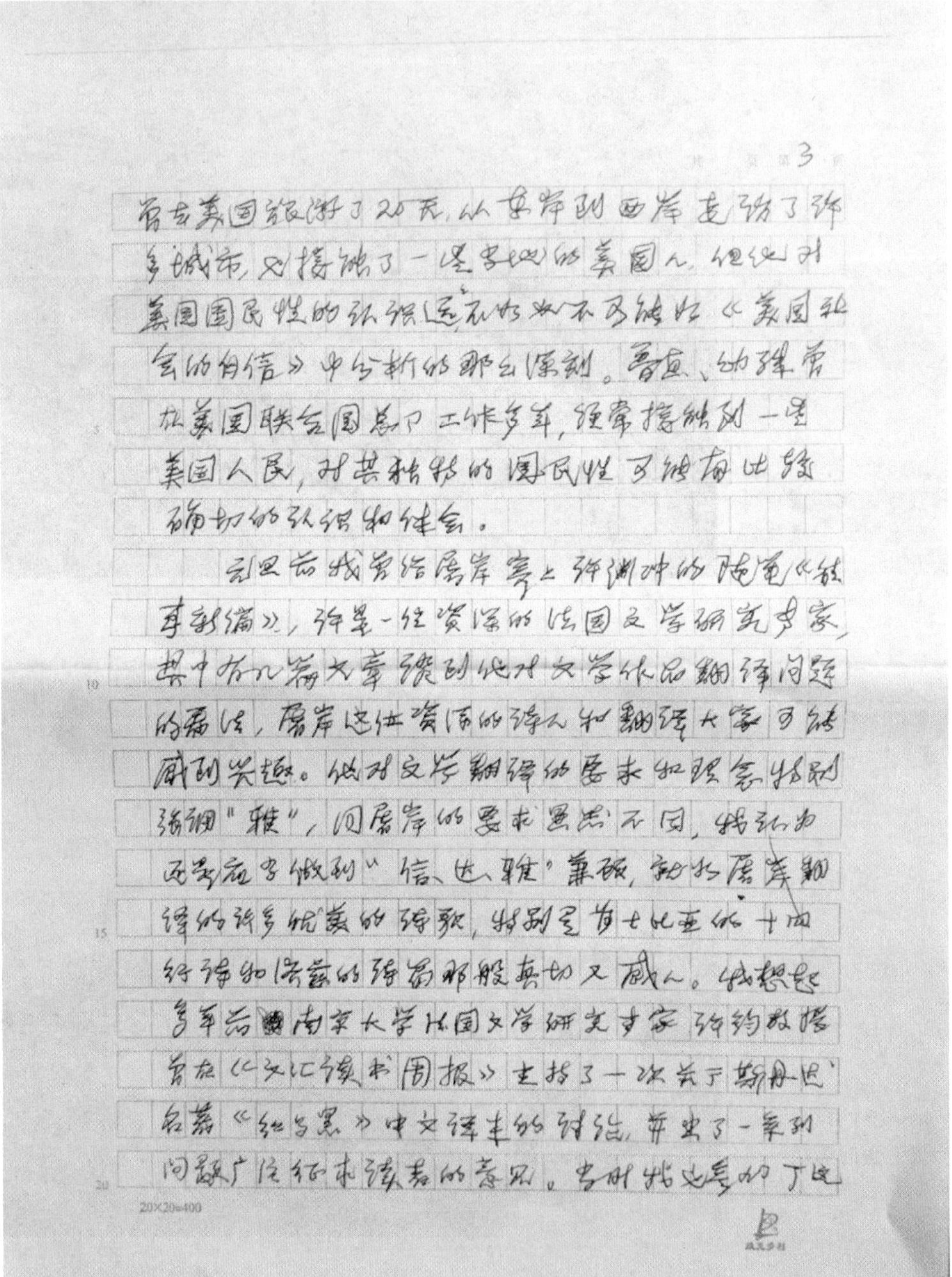

第3页

曾去美国旅游了20天，从东岸到西岸走访了许多城市，又接触了一些不同的美国人，但他对美国国民性的认识远不如他在《美国社会的自信》中分析的那么深刻。晋益、幼强曾在美国联合国总部工作多年，经常接触到一些美国人民，对其独特的国民性可能有比较确切的认识和体会。

记得前我曾给屠岸寄上许渊冲的随笔《往事新编》，许是一位资深的法国文学研究专家，其中有几篇文章谈到他对文学作品翻译问题的看法，屠岸这位资深的诗人和翻译大家可能感到兴趣。他对文学翻译的要求和理念特别强调"雅"，同屠岸的要求显然不同，我认为还是应当做到"信、达、雅"兼顾，如屠岸翻译的许多优美的诗歌，特别是莎士比亚十四行诗和济慈的诗篇那般真切又感人。我想起多年前南京大学法国文学研究专家许钧教授曾在《文汇读书周报》主持了一次关于斯丹达尔名著《红与黑》中文译本的讨论，并出了一系列问题广泛征求读者的意见。当时我也参与了

20×20=400

共　页第4页

场群众性讨论，表达了我对文学作品翻译的要求，并举许渊冲将《红与黑》最后一节关于女主人公溘然长逝译成"魂归离恨天"表示了不能认同，因为斯丹达作品的风格的特点就是语言简洁，与雨果、巴尔扎克等大师不同。后来许钧将这次讨论中许多专家、学者的有关文章和部分读者的"答案"（包括我的拙作）编选成《关于〈红与黑〉的研究》一本专著。许渊冲的译文中为了追求风雅，随加油添酱进行了许多渲染，结果形成西崽腔调，实不可取！屠岸的《霜降文存》一书中曾选有一篇1947年他在《时代日报》副刊上发表的有关揭露与批评当时翻译界出现的形形色色滥译、漏译、错译等怪现象的评论，其中对傅东华翻译的J. Milton名著《失乐园》和高寒的[illegible]译作尖锐地提出了批评，丝毫不留情面。如今像屠岸这样的文学评论家实在是太少了，以致当前我国文学翻译界可以说是急[illegible]混杂、乱象丛生，实应认真整顿一番！随函附上一篇剪报资料，其中有些资料内容可以值得一阅或保存。

　　我还有许多话想向你们诉说，但力不从心，

20×20=400

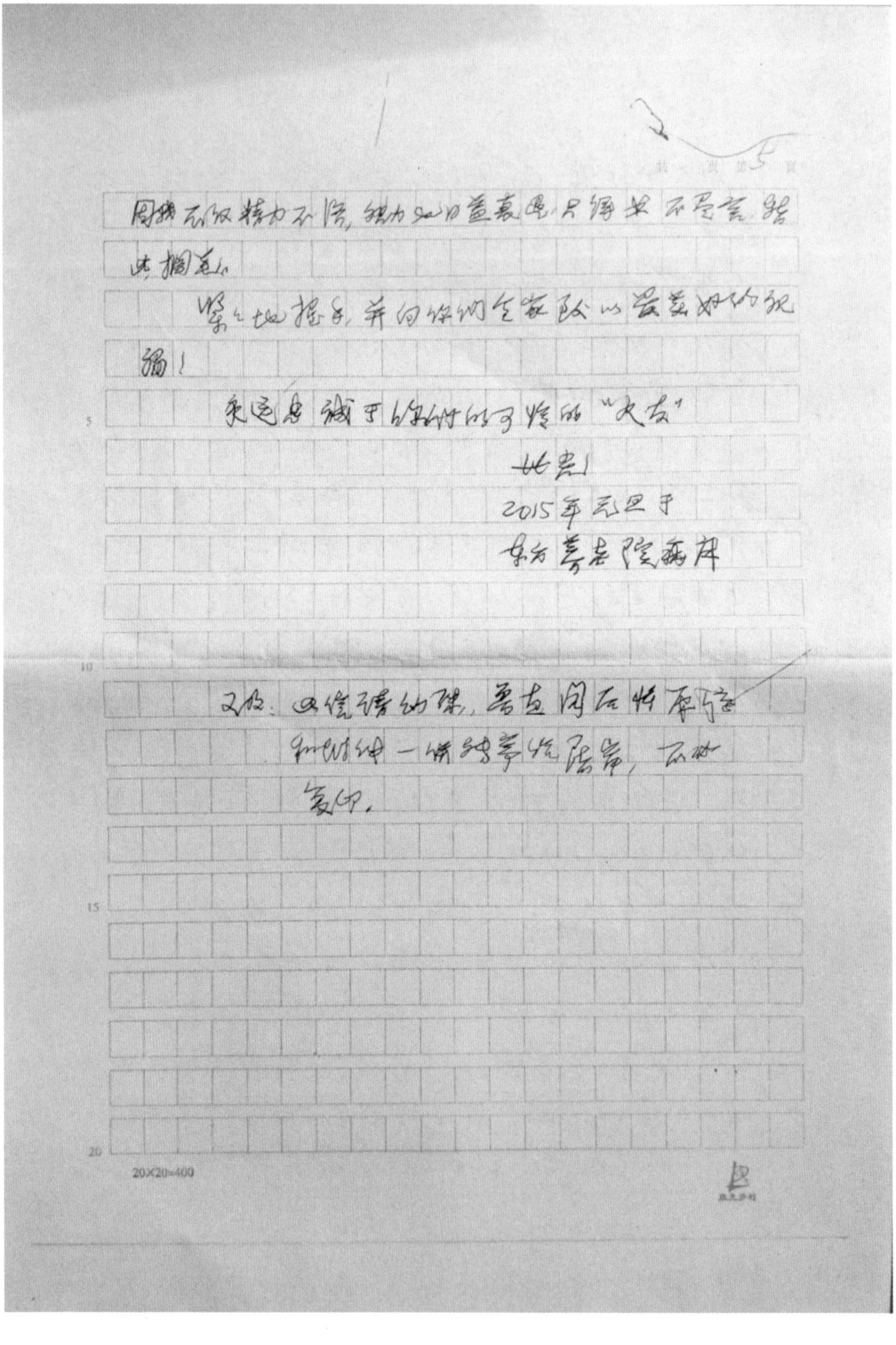

因我不仅精力不济，体力也日益衰退，只得以不尽言结此搁笔。

紧紧地握手，并向你们全家致以最美好的祝福！

永远忠诚于你们的可怜的“老友”

比克！

2015年元旦于

东方养老院病床

又及：此信请给你们阅，若查阅后将原信和你们的一并转寄给陈常，不胜感谢。

# 歌　　吟

## ——回应景玉公，于先生九五华诞之日

听，听，谁在歌吟？
伴有什么样的锦瑟，
什么样的琴？
风流纸墨香，静静。

划破长空，风，
从海上启程。
歌声云涌，
是谁，掀翻了
日帝的占领？
地火八年运行，
喷薄而出，这新的人群。
要求民主、自由，
朗朗，慷慨咏唱，

沙沙，挽臂前行，
校园，场地，大街，
庙堂变成群情愤起的广庭，
有你，引领，
有我，随行，
齐奏时代的最强音。

再回首，六十载、七十载，
都已接踵而去，
如今，九十五岁的你，
更比九十一的我年轻，
共赏晚霞，金色年华，
不老的青春，
不老的心。

2015年4月25日

北京芳古园

丁景唐同志2015年初出版了《犹恋风流纸墨香（续集）》，在送给我那本书的扉页上写道，“成幼殊知友存念　希为《金色的年华，迎来晚霞满天》一文，为我写诗一首以作此书出版志喜！　老丁　景玉公　书”。《金色的年华，迎来晚霞满天》一文的副标题是《荣获第三届鲁迅文学奖诗歌奖的女诗人成幼殊四十年代在上海》。

---

丁景唐（1920—2017），1938年入党，1944年毕业于上海光华大学中文系，文史学者，出版大家。曾任上海市委宣传部处长、上海市出版局副局长、上海文艺出版社社长兼总编辑。——编者注

2009年5月于上海丁景唐同志（中）家里

丁景唐《犹恋风流纸墨香（续集）》的封面

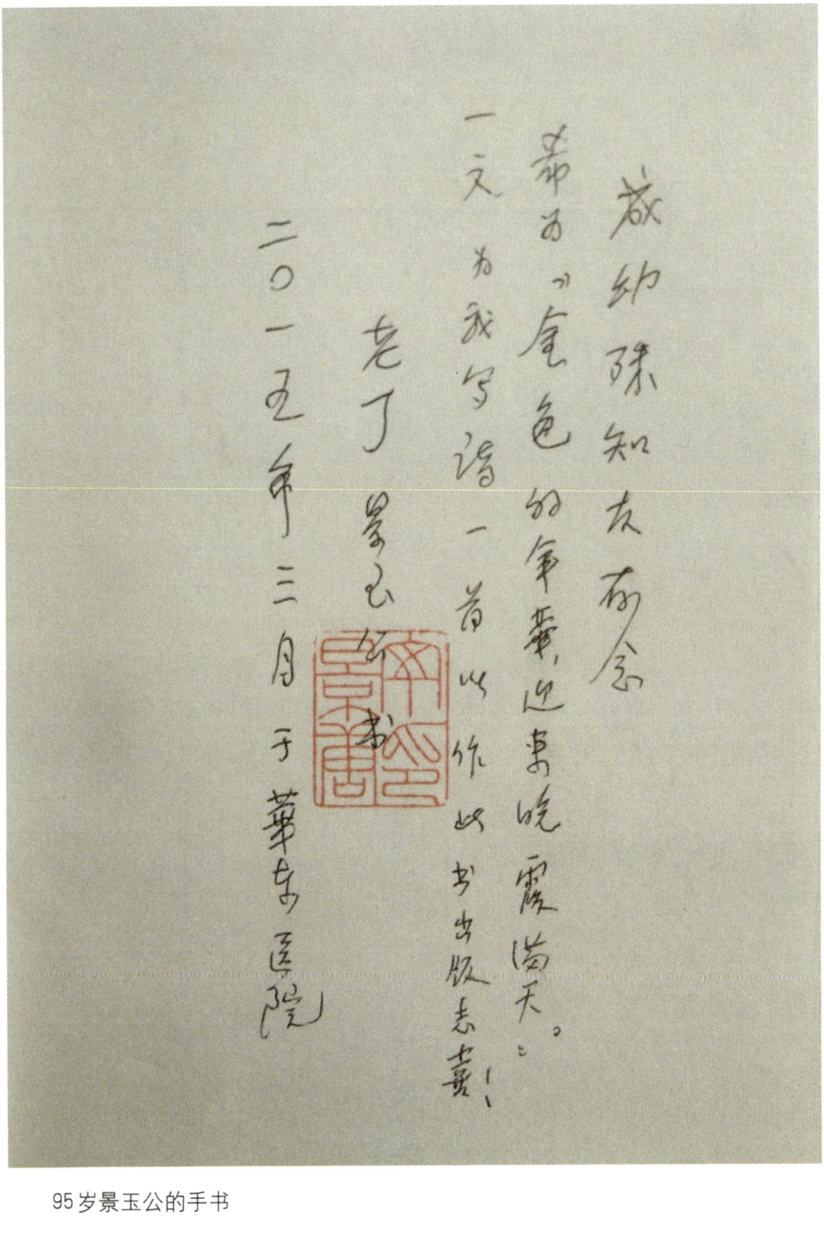

敬纳陈知友存念

希为"金色的年华，迎来晚霞满天。"

一文为我写诗一首以作此书出版志喜！

老丁 景玉 敬书

二〇一五年三月于华东医院

95岁景玉公的手书

# 怀　　念

——给思危弟

当我俯身送别，面颊贴着你的额头，
我仿佛登上了冰山，凉彻肺腑，
我送上我所有的温暖，
为你绽放祝福。

回顾往昔，你总是那么坚定而好学，
那十三四岁沉稳的样子还在我眼前，
你自幼爱音乐，后来又拥有个小化工室，
在香港，你这家中的宠儿，当年。

提着个小箱子，十六岁的你穿过了罗湖桥，
火车连通港粤，高歌送你到广州，
欢迎你归来，小老弟，原来你是瞒着父母，
离家时开明的父亲发现了，没有阻拦。

在那阳光眷恋的南方，你姐夫从火车站把你接回，
先落脚在我们的小家，依托《南方日报》，为你申办入境。
小老弟，这是你新生活的开端。
我们也才明白，你已在香港秘密加入了共青团。

有着共同的信念，共同的投奔，

我与鲁直访思危

共同的舍弃，共同的新生，
虽然或先或后，总是同舟同心，
同经二十八年，才在洛杉矶重见年迈的父亲。

好样的，你从基层做起，纵然是富家子弟，
经过“南方大学”的洗礼，再向平民转变，
你说过，那和珠江“疍民”共同生活的口了，
一年多赤着脚在水上干活，是对你一生一世最好的历练。

好老弟，你的确初衷不改，
不管在什么位置，总是平等、和蔼，
乐于钻研，乐于传授，不嫌求学者幼稚，
自己年纪增长，说最愿意被称为老师。

时代的风暴，是怎样的课堂？

你乐观而自信，破浪向前。
因为胸无尘埃，不畏猜疑，
雏鹰展翅，老成而弥坚。

怀着一颗可贵的童心，
你这位舅舅，成了孩子们的“大哥”，
比赛吃包子，是“童趣”中的经典，
都爱听你挎着手风琴歌唱，按动琴键。

回顾一生，你把它分成三个阶段：
求学钻研化工，钟情于硼，
再攻经营管理，漂洋求师，交流国际，
归于参政建言，而得上下沟通。

我为你骄傲，小老弟，
想当年，回应父亲的询问，我建议你就读于香岛中学，

2013年5月22日
思危为我90岁暖寿

只把你看作个未成年的儿子随父而行，
怎想你胸怀大志，已决心去追寻《家》中的巴金。

你走南闯北，磨炼，成长，
攻读于上海，结缘化工同窗，喜得新娘，
第一次和你们伉俪相会于北京，就近漫步在日坛公园。
记否？鲁直和我还带着印度出生的小儿女一双。

有了你自己的家，自己的一双儿女，
真好，在他们面前，你也是个“大哥哥”，
美食当前，越抢越香，
“小妹不哭。”难忘，你的慈父模样。

在我的书橱里还收藏着个小碟子，
那是你出差带回的一套碟子中最后的一个，
只可惜你去昆明时买给我的小砂锅，
早已碎身于厨房而不知所终。

我欣赏，姐弟之间这样的平实无华，
我家就是你家，一年，因唐山大地震，波及天津，
损坏了你们当年工作在那里的家。惊叹中我却也想，
真难得有这么个机会，让你的岳母和孩子们来京。

时光流淌，记忆的浪花跳到了上一个十月，
当我的面颊倚伏于你宽厚的肩，
你抚慰我痛失鲁直，承诺还有你的支持，
难以想象，你俩一年之内相继辞世。

左起：小儿媳卢娟、弟媳舒允宜、思危、小儿子征天、我、董胜在芳古园我家楼下合影，2008年4月4日。

是的，你从来没有忘记我，
这回，你刚从海外归来就来看望，
直到你自己如大树摧塌，
怎能还抱住姐姐不放？

当我的面颊贴上你的额头，
回应如此冰冷，这不是你的本意，
纵然也许还有不少话要说，
一切都已沉入你的心底。

是不是我来得太迟？
不，刚满八十，你走得太早。
你只知奋斗不息，

似乎能永远战胜疲劳。

重读你最后的文字，
还那么娓娓而铿锵，
却原来是躺在病榻上口授而成，
仍然用自己的心把洪钟撞响。

啊，以怎样的态度对待生命，
就会以怎样的态度对待生活。
既然你认为生命的意义就在于奋斗，
显然，努力到最后才是你的快乐。

作为一个庸人，我默然无语，
我也有追求，但常常考虑量力，
常常考虑细水长流，
难道已失去当年的勇气、锐气？

思危，小我十一岁的老弟，
你这面镜子，提醒我志在千里。

2015年7月20日在北京八宝山送别
思危后，断续写成于同年9月27中秋夜
不见圆月之时
芳古园

2013年迎新春与思危弟两家大聚会

下面是弟媳舒允宜的怀念文章：

# 相濡以沫六十载

## 一、相知互勉风雨同舟

我出生在江南一个知识分子家庭，父亲是西医内科专家，母亲有深厚的国学和历史知识。我就读于全市最好的浙江省立金华中学（现金华一中），因此打下良好的文化基础，学会了做人的传统道德。高中期间我参加了青年团。1953年我高中毕业，考上了自己喜欢的华东化工学院，读有机专业。1952年全国院系调整，成思危从华南化工调整到华东化工学院，攻读无机专业。我爱唱歌，我们不约而同都参加了大学里的合唱团。他是四部合唱的指挥，又是小合唱的手风琴伴奏。我唱女中音，常被邀请参加女生小合唱，我们相识了。1956年春国家颁布了《十二年科学技术发展远景规划》，学校里召开“向科学进军”的全校团员大会，成思危被选在大会上发言，他讲了毕业后从事科研实现自己“科学报国”的理想。会后他问我有什么感想，我说不错，有理想、有抱负。他当时虽然是穿着破衣烂衫的穷书生，但已初露才华。我自幼受家庭影响，女孩子应自尊自重，不慕虚荣，不爱钱财爱人才。我俩由于志同道合，又有共同的兴趣爱好，我们相知相恋了。但在20世纪50年代的共青团员，都有用所学知识参加新中国建设的理想。他要科学报国，我要做一个新中国的女工程师。1957年7月大学毕业时我的毕业设计成绩为“优”，被分配到化工部上海医工设计院。他分配到沈阳化工研究院，后因专业调整，他被调到天津化工研究院。

三年后，1959年国庆节，有情人终成眷属。我母亲来信祝贺并附祝贺诗两首：

（一）

国庆成婚双喜逢，月圆花好古今同。
而今携手更前进，莫负党团培养功。

（二）

花团锦簇喜相逢，并蒂鸳鸯今不同。
民主和平应努力，建成共产续前功。

思危当即和岳母诗两首并序：十周年国庆佳节，余与允宜在京成婚，双喜临门无限欢畅，夫妻恩爱，如糖似蜜，更值岳母来信，赠诗两首，和岳母诗两首：

（一）

前世鸳鸯今又逢，心心相印志趣同，
佳节了却再生愿，难忘阿母哺育功。

（二）

佳婿爱女两相逢，赤胆红心壮志同，
不负慈母赠诗意，定为人民立勋功。

婚后，他仍在天津研究硼化物，我在上海搞我的化工工艺

1959年思危与允宜的结婚照

设计。我俩分居两地四年。期间我们只靠每周鸿雁传书，诉说彼此思念之情。思危自幼熟读唐诗宋词，信中有时赋诗或词一首，在此仅抄录三首：

（一）遥寄允宜

来时匆匆去匆匆，几度分手几回逢。
因公遥隔江南北，为国远涉海西东。
时逾四载情常在，地距千里心恒同。
忠诚相待永不渝，坚贞胜似常青松。

（二）蝶恋花·春日伤别寄允宜

春风懒上西北楼。朝朝暮暮，人为相思瘦。千里生离已五秋，两地书积盈尺厚。青春一去似流水，几缕白发，暗上少年头。一分春光一分愁，低头泪湿青衫袖。

（三）秋日寄允宜

阴风细雨惨淡天，孤身斗室离愁绵。
安得神鹰千里翼，夜夜南归望卿颜。

每当我读到这些包含思念之情的信件时，总是深深地被感动得泪流满襟，无可奈何！分居两地的七年中，我们最爱唱的同一首歌是《教我如何不想她》。

虽然伤感，我们还是把小家放到第二位，怀着炙热的报国心，彼此支持、彼此鼓励，各自在岗位上努力工作。我曾参加过我国第一个“五年计划”项目工程的设计和现场技术监督，参加过化肥定型设计的工作……我工作认真努力，政治上要求进步，曾多次被设计院评为“青年红旗突击手”“先进工作者”，1960年春还被评为上海市“三八红旗手”。同年6月，我光荣地被批准加入了中国共产党，我始终坚守入党时的誓言，严于律己，不随邪波逐流，洁身自好。

## 二、逆境不沉沦，顺境不懈怠

1963年我为了支持他的事业，挥泪告别设计院的战友，放弃了心爱的工作，离开了生活条件较优越的上海和至爱亲朋，于7月份调往天津。但夫妻得以团聚，有了自己简陋的小巢，我也倍感幸福。1964年9月以后，两个孩子相继出世，他们在6个月大时就由我的母亲帮助照顾。1965年天津院有部分与军工相关的专业，要内迁至“大三线”兰州，我参加了实验大楼配套设施和职工宿舍等项目的设计和现场技术监督，还兼任筹备处技术负责人，我前后在兰州忙碌了四年。期间适逢“十年动乱”，此前思危曾跟我说过，他回内地参加新中国建设是受当时地下党组织派遣，一起回来一批人。其中有共产党员和青年团员。他自己先在南方大学学习政治理论三个月，被分配到了广东省总工会工作一年后，被评定为19级干部，工资每月78元。我坚信他是好人，蒙冤受屈，我一直默默地忍受着各种恶意的攻击，坚守在他身旁，助他在逆境中不沉沦。

他从香港回内地后，身上一直背着“官僚资产阶级”出身的政治包袱。尽管他勤奋学习，夜以继日，忘我工作，政治上一直要求进步，但仍受到歧视。1972年尼克松访华打开了中美关系的大门，周总理相继接见美国访华团成员。1973年当周总理见到思危的妹妹——美国加州大学洛杉矶分校教授成露茜时，让她代向她父亲成舍我问好，并说成舍我是民族资产阶级，这才让思危卸下沉重的政治包袱，我们全家人不再受歧视。也许是由于周总理的关心，思危于1973年即被借调到北京石化部科技研究院工作。1976年我们全家迁往北京。我俩均分配在化工部科技总院工作，他分管全国无机盐科研项目，我分管化工环保科研项目，六年后让我分管化工部直属院所的科研设施建设项目。我与思危同批晋升为工程师，后来又晋升为高级工程师，

在红十的儿子竞翔的家庭婚宴上，2013年8月3日。

直至退休。我实现了少女时代的理想。

思危早年有两句自励诗：“不羡纨绔逐声色，敢凭愚顽补苍天。”我们相濡以沫半个多世纪，深知他能掌握多门外语，在化工界小有名气，46岁赴美留学，改学管理科学，刻苦地用5个学期读完了6个学期的课程，以3个A、1个A+的成绩取得MBA学位。众人感到他记忆力强、思维敏捷、学识渊博。记忆力强是父母给的，而学识渊博是他自幼到老一直怀有强烈的求知欲、上进心，始终勤奋学习所不断积累的结果。他即使当了国家领导人后，仍不断更新自己的知识，深入调查、研究，了解、反映社情民意，用国际前沿的、科学的方法研究我国经济、管理、金融、资本市场等多个领域中的热点问题，并作为学者型的领导人提出自己的独到见解……

## 三、鞠躬尽瘁，蜡炬成灰

自2007年7月开始思危的肠癌发作，经北京协和医院各科专家教授们为他做手术、放化疗，并有中医专家一直配合治疗，虽三次转移至肝脏，但治疗有效。每当病情缓解、体力恢复，他立即投入高强度的工作。至2015年去世的八年中他应各国邀请参加国际学术会议、巡回演讲共32次，英文讲稿均由他自己撰写；应国内省部级邀请以及他自己下基层调查研究共89次，给国科大经济与管理学院的研究生上课、答疑……即使在家他也每天学习工作10小时以上。

他惜时如金。他为中华民族屹立于世界民族之林，在国外多次发声，并对有些尖刻的问题，对答幽默得体，获得众人的认同与赞誉。众所周知，他太累了，但他只要一息尚存，就工作不止，真可谓“春蚕到死丝方尽，蜡炬成灰泪始干”。他在病重后，对朋友说他离不开我。他辞世后，我悲痛万分，特赋诗《长相忆》以寄托思念之情：

相知相伴浦江畔，结发津城共患难。
志同道合常互勉，牵手直至君离远。
常忆亲人情不泯，安眠福地永相伴。

遗孀舒允宜

2015年12月26日

在鲁直的家庭寿宴上，2010年2月18日。

# 雷　　霆

——静静

雷霆万钧，
大声宣告
和平。
并不总是
静静，
轻轻。

当握手可以
来自大洋两岸，
无疑也可以
越过海峡
两人并立，
两手挥起，
历史挺身拍案叫好，
挥动如椽大笔。

两岸分裂，
已六十六年，是短？是长？
即使如小小的
我的家庭，
也经受了
五代人的分离——
从父亲到
我四岁的重孙儿。
有叹、有憾。
——但愿这一页，已永远
翻转，不回还。

大海可以
奔腾咆哮，
可以呢喃，轻轻，
漾起波纹，
静静，
倾听
世界人心：
发展，康宁，
即使历经沧桑，
诚然，
人间正道
是和平。

2015年11月7日至9日

提笔于目睹屏幕上习、马相会之后

芳古园

我拍的我家的鲜花与窗外的远方

2016年1月，屠岸手书来信的第一页影印件，信中对《雷霆》做了评论。

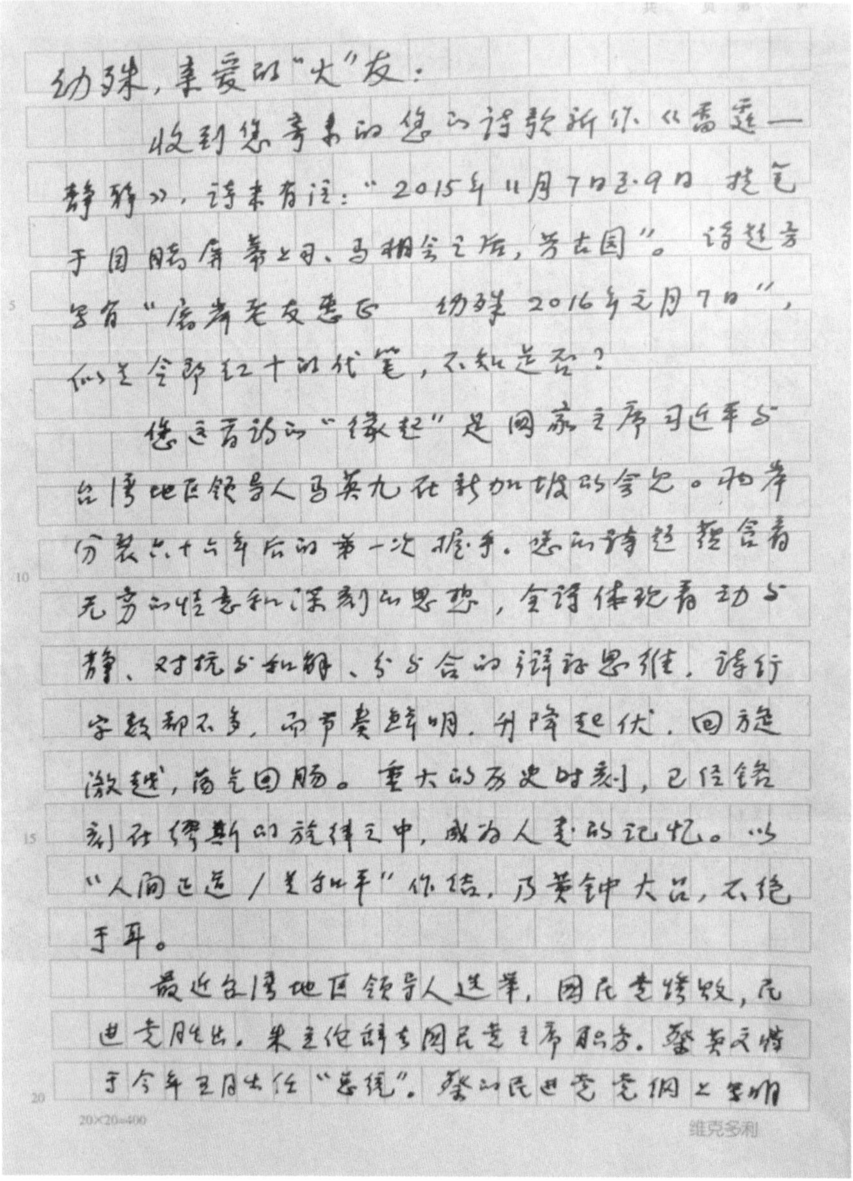

幼殊，亲爱的"老"友：

收到您寄来的您的诗歌新作《雷霆——静穆》，诗末有注："2015年11月7日至9日 提笔于闻听两岸领导人习、马相会之后，于古园"。诗题旁写有"屠岸老友惠正 幼殊 2016年元月7日"，似是令郎红十的代笔，不知是否？

您这首诗的"缘起"是国家主席习近平与台湾地区领导人马英九在新加坡的会见。两岸分裂六十六年后的第一次握手。您的诗题蕴含着无穷的情意和深刻的思想，全诗体现着动与静、对抗与和解、分与合的辩证思维，诗行字数都不多，而节奏鲜明，升降起伏，回旋激越，荡气回肠。重大的历史时刻，已经铭刻在缪斯的旋律之中，成为人类的记忆。以"人间正道/是和平"作结，乃黄钟大吕，不绝于耳。

最近台湾地区领导人选举，国民党惨败，民进党胜出，朱立伦辞去国民党主席职务。蔡英文将于今年5月出任"总统"。蔡的民进党党纲上写明

20×20=400 维克多利

同年4月18日，屠岸因《文汇报》上的一条电讯，提到《安息歌》，给我来了一函，还附了剪报。

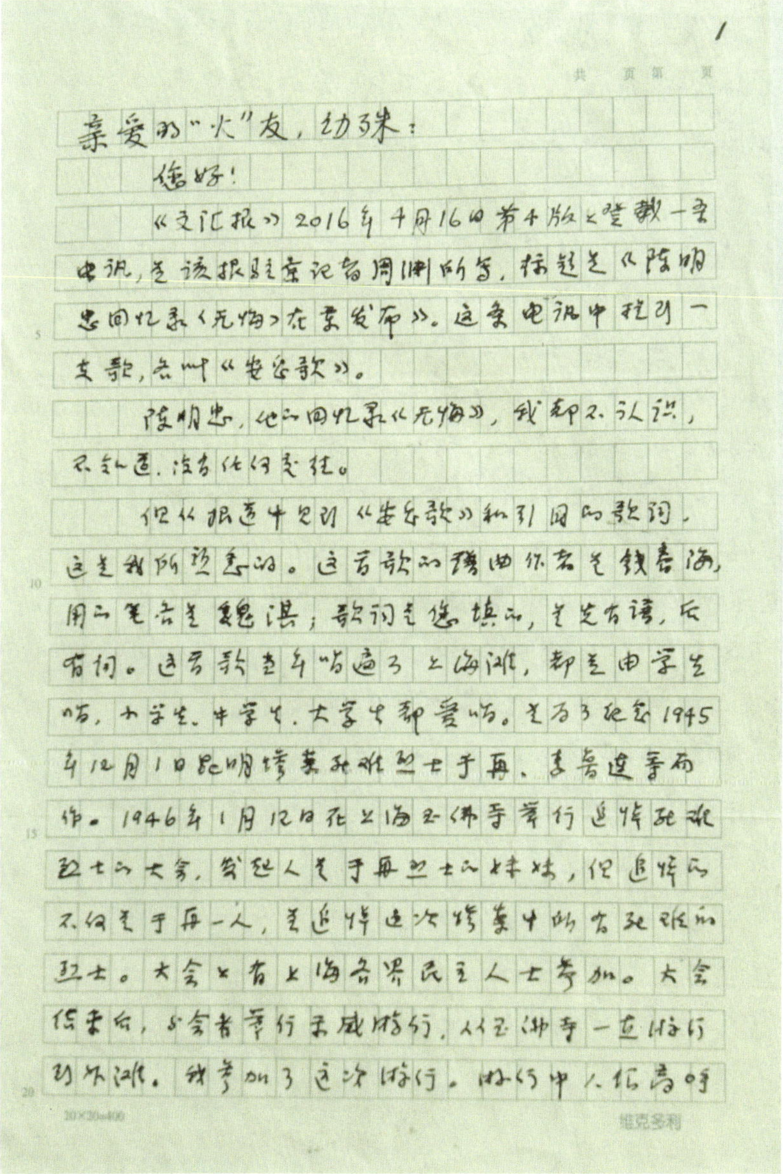

1

共 页第 页

亲爱的"火"友，幼珠：

您好！

《文汇报》2016年4月16日第4版上登载一条电讯，是该报驻京记者周渊所写，标题是《陆明忠回忆录〈无悔〉在京发布》。这条电讯中提到一支歌，名叫《安息歌》。

陆明忠，他的回忆录《无悔》，我都不认识，不知道，没有任何交往。

但从报道中见到《安息歌》和引用的歌词，这是我所熟悉的。这首歌的谱曲作者是钱春海，用的笔名是魏洪；歌词是您填的，先是古诗，后有词。这首歌当年唱遍了上海滩，都是由学生唱，小学生、中学生、大学生都会唱。是为了纪念1945年12月1日昆明惨案死难烈士于再、李鲁连等而作。1946年1月12日在上海玉佛寺举行追悼死难烈士大会，发起人是于再烈士的妹妹，但追悼的不仅是于再一人，是追悼这次惨案中所有死难的烈士。大会上有上海各界民主人士参加。大会结束后，与会者举行示威游行，从玉佛寺一直游行到外滩。我参加了这次游行。游行中人们高呼

20×20=400 维克多利

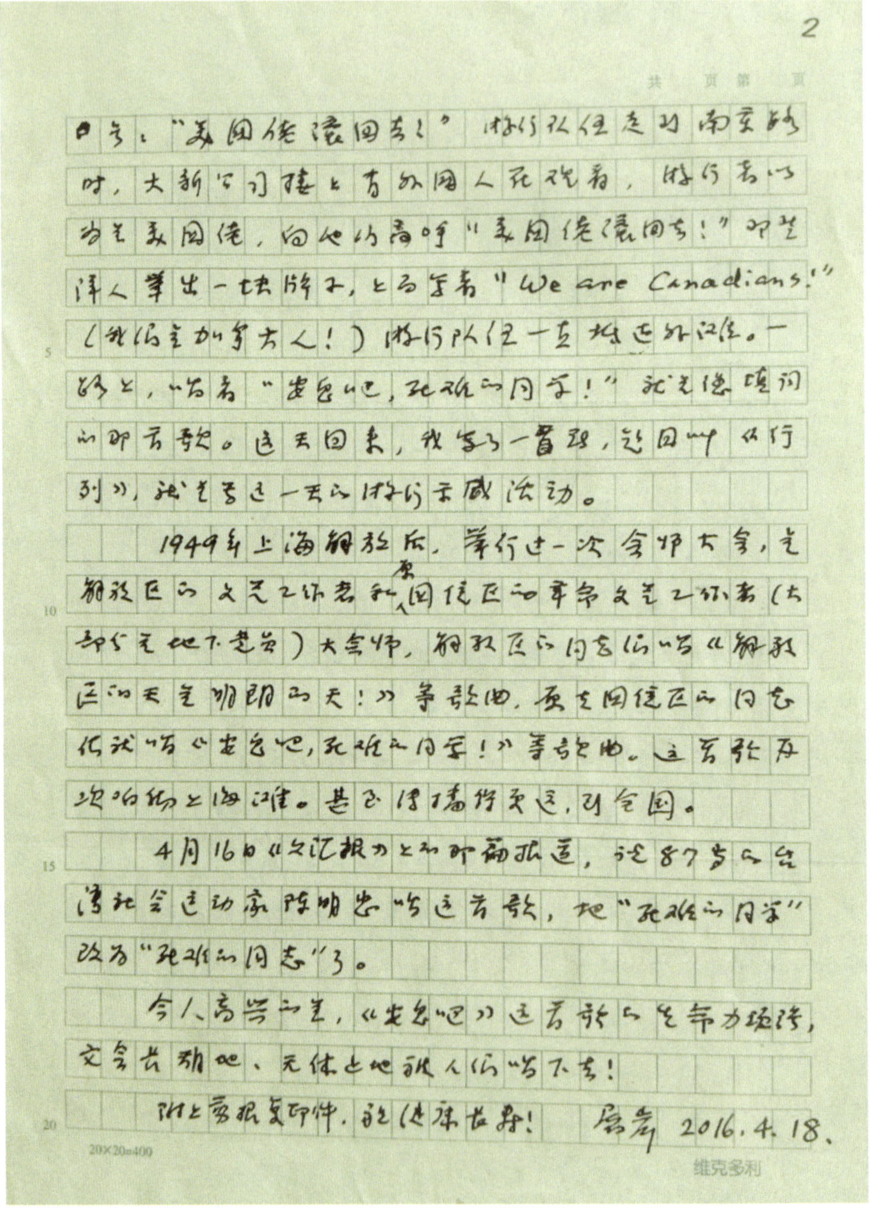

2

共 页第 页

口号："美国佬滚回去！"游行队伍走到南京路时，大新公司楼上有外国人在观看，游行者以为是美国佬，向他们高呼"美国佬滚回去！"那些洋人举出一块牌子，上面写着"We are Canadians!"（我们是加拿大人！）游行队伍一直越过外滩。一路上，唱着"安息吧，死难的同学！"就是悼唁词的那首歌。这天回来，我写了一首诗，题目叫《从行列》，就是写这一天的游行示威活动。

1949年上海解放后，举行过一次会师大会，是解放区的文艺工作者和原国统区的革命文艺工作者（大部分是地下党员）大会师，解放区的同志们唱《解放区的天是明朗的天！》等歌曲，原来国统区的同志们就唱《安息吧，死难的同学！》等歌曲。这首歌再次响彻上海滩。甚至传播得更远，到全国。

4月16日《文汇报》上的新闻报道，说87岁的台湾社会运动家陈明忠唱这首歌，把"死难的同学"改为"死难的同志"了。

令人高兴的是，《安息吧》这首歌的生命力顽强，它会长期地、无休止地被人们唱下去！

附上剪报复印件。祝您健康长寿！ 屠岸 2016.4.18.

20×20=400

维克多利

---

关于《安息歌》在台湾传唱，小儿媳卢娟、小女儿陈香棣也都从网上查到文章。其中有《内在于台湾的中国革命：〈安息歌〉的故事》。

该文之前有一段介绍文字：

> 成幼殊回忆，“在寒风凛冽的冬夜，临窗伏案，为即将举行的上海各界公祭大会写一首歌词的任务，自然是我愿意接受的。遥望远在昆明的不相识的四位殉难者，我以第二人称‘你们’来直接抒发我们仍活着的人的哀思和继续努力的决心。记得我是在得到通知的第二天清早就交卷了……‘安息吧，死难的同学，别再为祖国担忧’，表明他们是爱国爱民而献身，不是什么‘匪’。这是他们的出发点，也是我们与他们的基本共鸣。”

陈明忠回忆录《无悔》在京发布

本报北京4月15日专电 （驻京记者[illegible]）“安息吧，死难的同志，别为祖国担忧，现在是我们的责任，去争取民主自由，你我的血照亮着路，我们继续向前走！”当87岁的台湾知名社会运动家陈明忠坐着轮椅，在台上唱起《安息歌》时，全场无不为陈先生的革命斗志而动容。这是今天发生在陈明忠回忆录《无悔》发布会现场的感人一幕。

陈明忠在《无悔》一书中讲述了自己青少年时代反抗日本殖民统治，参加“二二八起义”的英勇壮举。在上世纪50年代和70年代，他先后两次身陷“政治黑牢”长达21年，出狱后长期致力推动祖国统一。

全国台联党组书记、副会长苏辉在致辞中说，通过《无悔》，我们看到陈明忠等老一代台湾人所表现出来的坚强的爱国主义精神和追求进步真理的决心。

台湾50年代“白色恐怖”不是孤立的一段历史，不仅仅是个人的不幸。陈明忠常说：“我的一生是失败的。”他希冀自己能够在抗战中慷慨赴死，却在乱世中建立了社会主义信仰，一路走到今天。一如他自己的慨叹：“生错时代，却没有走错路”。



屠岸寄来的《文汇报》剪报

# 不算挽歌

愿意或不愿意来的，
已经来过了；
打算走或不打算走的，
已经离去了；
你还睡着，
静静，
不听，
也不让人听见，

哪怕只是呼吸
轻轻。

不惊，
莫惊，
只是传承，更新。
千年，万年，
你我与世界同行。

2016年3月10日
——鲁直91岁冥寿
农历二月初一 次日清晨
于芳古园

# 昙花，低下了高贵的头

昙花，低下了高贵的头，
静悄悄
在见到了我之后。

收拢短暂的光华
低首，
似乎有千载之忧。

迎我归来，
从元上都，
夜捧芬芳美酒。

三朵花，
一盏盏，
似曾低声问
随月牙漂走。
那忽必烈大帝
安否？

当年在元上都，又猛策
成吉思汗的骏马，
横扫亚欧。

几许功过，
几许福祸，
且平心回眸。

2016年4月3日
芳古园

---

《昙花，低下了高贵的头》一诗完稿不久，就接到了2016年6月30日出席《屠岸诗文集》首发式暨出版座谈会的邀请，并收到了一大摞的八卷《文集》。儿女们把《文集》的前言、目录及一些诗文读给我听，我听后很有感触。但能否亲自到会，还要顺其自然，于是先写下这些拟发言的文字。后来，是大儿子陈红十代我出席的会议，这篇拟发言的文字由红十带去，就成为书面发言了。

# 拟在《屠岸诗文集》出版座谈会上的发言

老诗人、老朋友屠岸出版了浩瀚的八大卷诗文集，其中有一首诗《寄远友》。很荣幸，我和老伴陈鲁直就是他诗中所说的“远友”——远方的朋友。我俩和屠岸多年来都定居在北京，怎么会成为远方的朋友呢？原因是，他写这首诗的时间1980年12月，我和鲁直都在纽约工作，而当时他已结束访美之行，和我们告别。在这首诗里他连续用了三个“可记得”——“可记

---

屠岸（1923—2017），本名蒋壁厚，著名诗人、翻译家。1946年肄业于上海交通大学，曾任人民文学出版社原总编辑、中国作家协会全国委员会名誉委员、中国诗歌学会副会长。——编者注

得那一天”“可记得那一晚”“可记得那一夜”——记录下我们当日同游纽约中央公园，然后同到我和鲁直的住所长谈。这的确是难忘的“一天”“一晚”“一夜”。这首诗是用他所钟爱的十四行诗体写的，依照其中的一种体例，前面三段各四行，最后一段两行，情真意切而优美。我们知道，作为莎士比亚十四行诗知名的早期译者之一，屠岸自己创作的十四行诗也非常精炼并富有自己的特色。这次出版的诗文集中竟然刊发了他写的200多首十四行诗，实在令我这个老友惊讶而又敬佩。

今年4月，《文汇报》等好几种报纸，为纪念莎士比亚逝世400周年，都用整版篇幅刊发了屠岸老友全新修订的《莎士比亚十四行诗》线装本新书首发会的消息和屠岸的翻译收获感言。屠岸本人应邀从北京去到上海参加会议。《文汇报》评论说，尽管20世纪50年代屠岸出版第一部《莎翁十四行诗》中文全译本，“再到之后几十年间不断琢磨修订，陆续被近十家出版社出版，累计印数逾60万册”，“译文已炉火纯青，是公认的权威译本，但屠岸依然说，‘如有机会，我还将再进行修订，这是我一辈子的工作’”。从这些报道和评论，可见屠岸的一丝不苟，老而弥坚。现在我们看到的这八卷《屠岸诗文集》，收集了他约80年的诗文创作，近13万页、260多万字。真可以说明，他确实是位以诗为生命的诗歌作者和学者，既有深厚的家族底蕴，又有超常的执着和勤奋，以深厚的学养和敏锐的观察、体验，把读者带入他的诗歌境界。

我们和屠岸的友情已有70多年，用屠岸的话来讲是“终生不渝的诗友”。在20世纪40年代，当我们还是青年学生的时候，就共同组织了一个“野火诗歌会”，办了一个油印的《野火》诗刊。《野火》诗刊第一期刊出的诗《初来者》，是屠岸创作的，可以说是我们诗刊的宣言书，被郭沫若称赞为好诗。郭老在读到我们送去的这本小小的油印诗刊后，当晚就给我们写信回应说“我真想把你们当成兄弟姐妹一样，热烈地拥抱”。在时隔整整70年之后，我想，屠岸的这首诗，或许也还能表露今天来参加这次座谈会的一些诗人，特别是年轻诗人的情怀。《初来者》全诗是这样写的：

我们来了，
我们终于来了！
请热烈地拥抱我们！

请张开你们的手臂，
你们孩子们的手臂，
少男少女们的手臂，
父亲们、母亲们的手臂，
朋友们、爱人们的手臂，
战士们的手臂，

被太阳晒成黧黑色的手臂，
流着热血的红色的手臂，
粗壮的青春的手臂，
温柔的美丽的手臂，
也是顽强的、凶猛的手臂，
——这样的一群手臂，
请张开你们这样的一群手臂
——来拥抱我们！

我们是用自己的腿徒步走来的，
是手牵着手，列成队伍走来的，
我们是在酷日的毒光下流着汗而来的，
是在狂虐的北风下颤抖着身子而来的，

我们是越过了湍急的寒流而来的，
是翻过了峻拔的危崖而来的，
我们是排除了纠葛的荆棘、
踏平了崎岖的路径而来的，
我们是眼中燃烧着饥饿的欲火，
身背后拖着沉重的死亡的影子
——而走完了我们的长途的，
我们是向着
前面的闪着理想的希望的光
——而走到这里的，
我们是为了
要和你们共同来创造新的世界，
共同来写下人类今后的历史
——而来到这里的！
所以——
我们不是空手而来的，
随同我们一起来的是
新的勇气，
新的力量！
更多的激励，
更多的希望！
还有一个
更坚强不可动摇的
信仰！

请把我们当作
你们的弟弟们，妹妹们，
你们的哥哥们，姊姊们，

你们的儿子们，女儿们，
你们的战友们——这样地
来热烈地拥抱我们！

因为，我们来了，
我们终于来了！

1946年4月9日

署名叔牟

谢谢大家！

2016年8月

2016年出版的屠岸八卷诗文集

会议之后，2016年8月4日，屠岸给我寄来了亲笔信：

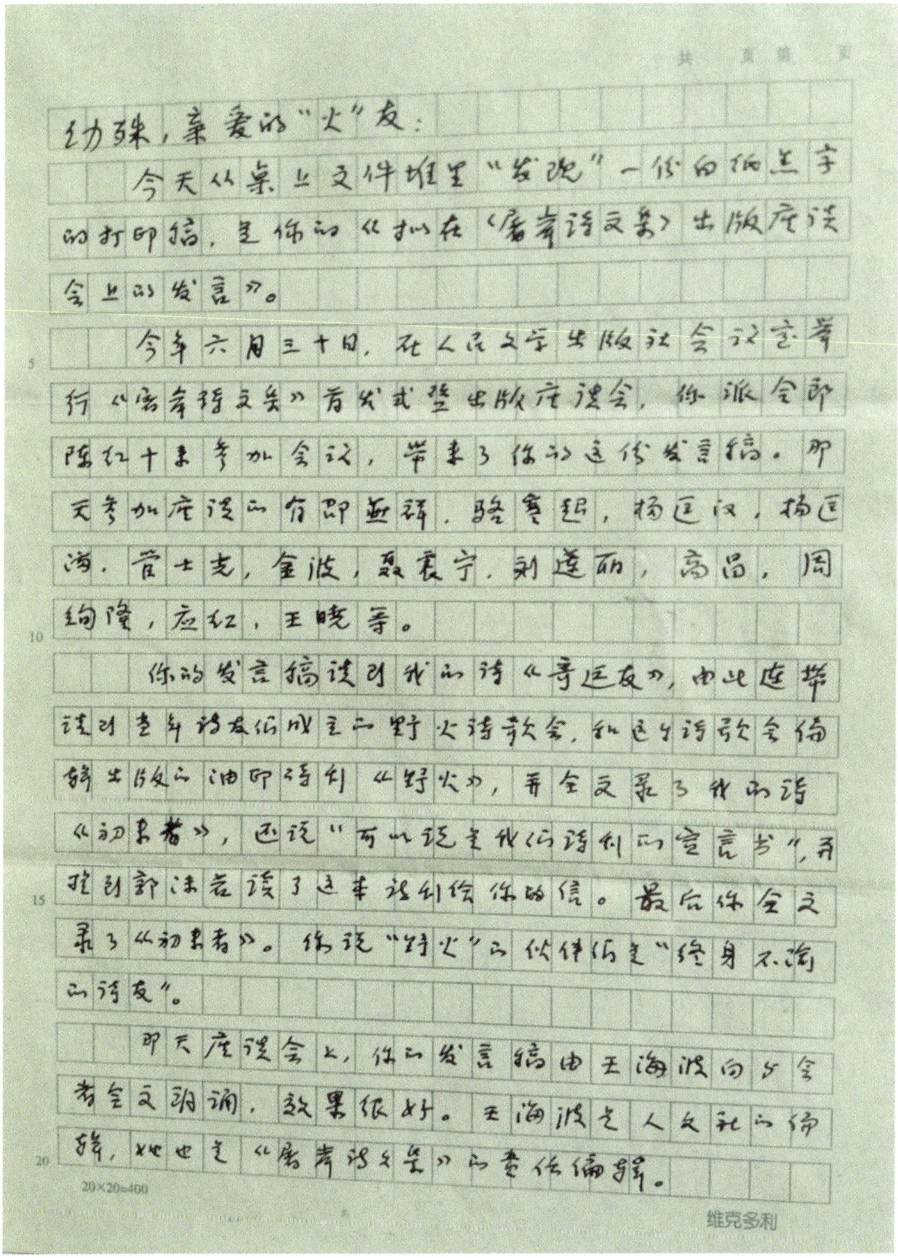

幼殊，亲爱的"火"友：

今天从桌上文件堆里"发现"一份白纸黑字的打印稿，是你的《拟在〈屠岸诗文集〉出版座谈会上的发言》。

今年六月三十日，在人民文学出版社会议室举行《屠岸诗文集》首发式暨出版座谈会，你派令郎陈红十来参加会议，带来了你的这份发言稿。那天参加座谈的有邵燕祥、骆寒超，杨匡汉，杨匡满、管士光，金波，聂震宁，刘遂丽，高昌，周绚隆，应红，王晓等。

你的发言稿谈到我的诗《寄延安》，由此连带谈到当年诗友们成立的野火诗歌会，和这个诗歌会编辑出版的油印诗刊《野火》，并全文录了我的诗《初来者》，还说"可以说是我们诗刊的宣言书"，并提到郭沫若读了这本诗刊给你的信。最后你全文录了《初来者》。你说"野火"的伙伴们是"终身不渝的诗友"。

那天座谈会上，你的发言稿由王海波向与会者全文朗诵，效果很好。王海波是人文社的编辑，她也是《屠岸诗文集》的责任编辑。

20×20=400

维克多利

野火诗歌会成立于抗日战争胜利后的一九四五年，出了三期油印诗刊《野火》，其活动终止于一九四七年。其成员除你和我外，有陈鲁直，卢世光，何滚，周承真，潘惠慈，葛建伦。鲁直——你的终身伴侣，是野火诗歌会的理论家，他有两篇论文发表在《野火》，一篇是《发刊词》，另一篇是《也谈大众化》。文章表明了我们的诗歌宗旨和思想导向。卢世光，被诗友们推举为我们诗歌会的主席。他是我们的诗人，翻译家。《野火》上发表过他译的雨果的诗。

何滚是诗人，又是画家，曾任美协的刊物《美术杂志》的副主编，开过他的个人画展。他的夫人名叫冯湘一，生了两个女儿何红，何绿。用颜色命名女儿，是画家的本色表现。何滚极爱女儿，友朋都叫"女儿迷"。

周承真，后来失去联系。据我的一位朋友吴钧陶说，周承真曾一度供职于上海译文出版社，后因故离职。还有一说是他曾任职于苏州文化局。最后不知所终。

潘惠慈是潘古声的妹妹，潘古声是红明星胡

共　页第　页

蝶的丈夫。抗战胜利后，胡蝶被国民党军统特务头子戴笠霸占。胡蝶是被迫，身不由己。后来戴笠在一次飞机失事中死了，潘有声不计前嫌，胡蝶又回到丈夫身边。

潘惠慈和蔡光伦不写诗，但她们喜欢诗，关心诗，所以也成为我们诗歌会的成员。一次，潘惠慈对我说，她不喜欢我的诗。我不以为忤，反而觉得她能坦白说真话，说明她的坦诚。

晏直在《好大》上发表的论文《也谈大众化》，郭沫若认为"也谈"不严肃，而是"轻佻"。这个批评太重。其实晏直认为若题目叫《谈大众化》，就太正经，太严肃，必须正儿八经地讨论。改称"也谈"，是表示自己跟随别人说几句有关大众化的意见，是一种谦虚的态度。

你那首代晏直原著的诗，风格独特，感情深挚，打动读者的心，是一首富有独创性的好诗。陆士虎特别赞赏。

夏日炎炎，还是关心大事。海牙所谓国际法庭关于南海菲律宾提出的所谓"仲裁"，是一场闹剧。外国希望"判决"，受到我国和俄罗斯的强烈反对。

20×20=400

就此打住。祝一切好！

唐岸 2016.8.4.

维克多利

2017年4月12日，屠岸亲笔给我写了4页信，他由韦泱撰写的《百年新诗点将录》中的一篇《〈野火〉春风漾诗意》，而感怀70多年前的"野火"诗社和诗社的诗友、老友。

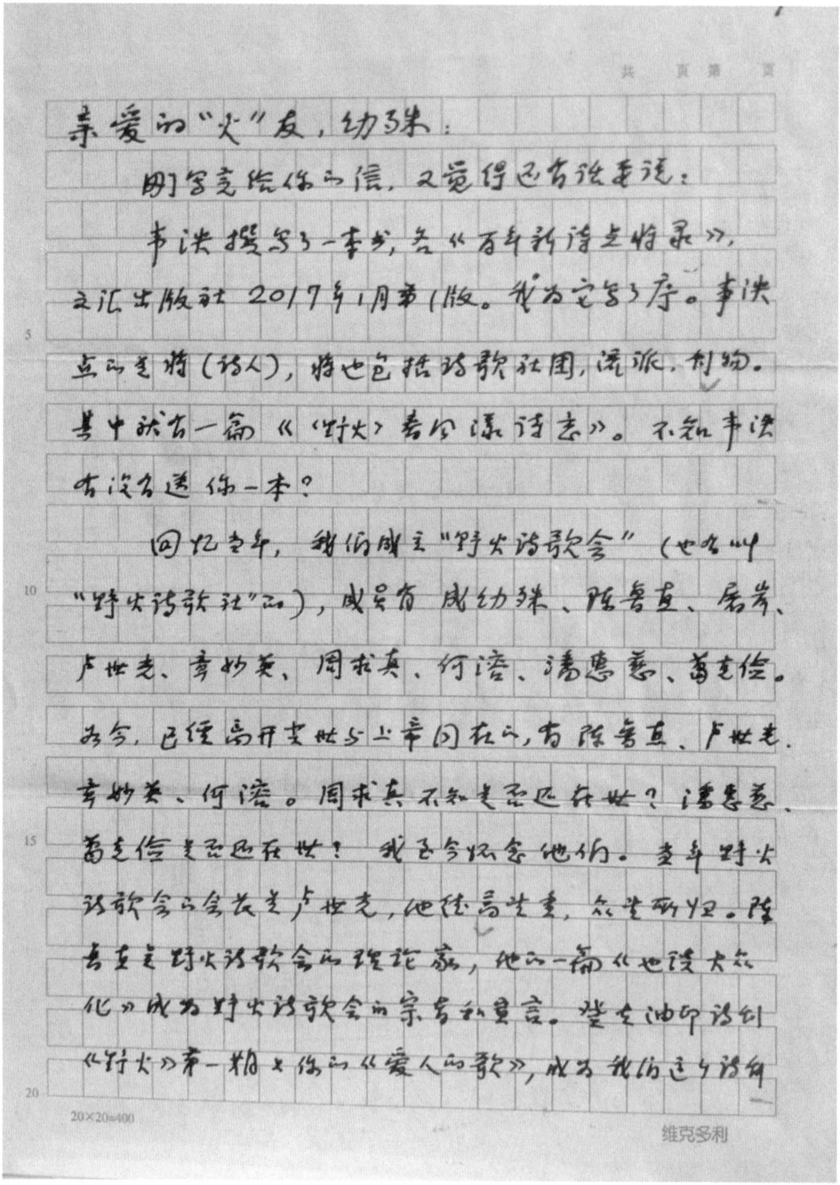

亲爱的"火"友，幼殊：

刚写完给你的信，又觉得还有话要说：

韦泱撰写了一本书，名《百年新诗点将录》，文汇出版社2017年1月第1版。我为它写了序。韦泱点的是将（诗人），将也包括诗歌社团、流派、刊物。其中就有一篇《〈野火〉春风漾诗意》。不知韦泱有没有送你一本？

回忆当年，我们成立"野火诗歌会"（也可以叫"野火诗歌社"的），成员有成幼殊、陈鲁直、屠岸、卢世光、章妙英、周求真、何溶、潘惠慈、苗宜俭。如今，已经离开尘世不在人间的，有陈鲁直、卢世光、章妙英、何溶。周求真不知是否还在世？潘惠慈、苗宜俭是否还在世？我至今怀念他们。当年野火诗歌会的会长是卢世光，他德高望重，众望所归。陈鲁直是野火诗歌会的理论家，他的一篇《也谈大众化》成为野火诗歌会的宗旨和宣言。登在油印诗刊《野火》第一辑上你的《爱人的歌》，成为我们这个诗歌

2

的"拳头产品"，有了它，才能体现《野火》的水平。

当年你用的笔名是"金沙"。这个笔名，我原来很喜欢。金，并不是因为它是黄金，所以值钱。英文字golden含有珍贵、尊贵、高贵的意思。Housman有一首诗，开头一节是：

With Rue my heart is laden
For Golden Friends I had,
For many a rose-lipped maiden
And many a ligh-foot lad.

我译成中文，为：

我心中充满着悲哀
为我的黄金的友伴，
为多少玫瑰唇女孩
和多少飞毛腿少年。

"金沙"的"金"，就使我想起"黄金的友伴"。

后来，你不用"金沙"这个笔名了。这也有原因，我想。当年有一位男性诗人，用的笔名是"沙金"。两个字是颠倒的，容易搞混。这次用成功的东西，《幸存的一束》中用本名发表，获鲁迅文学奖，领奖时也以本名上台。这很好！

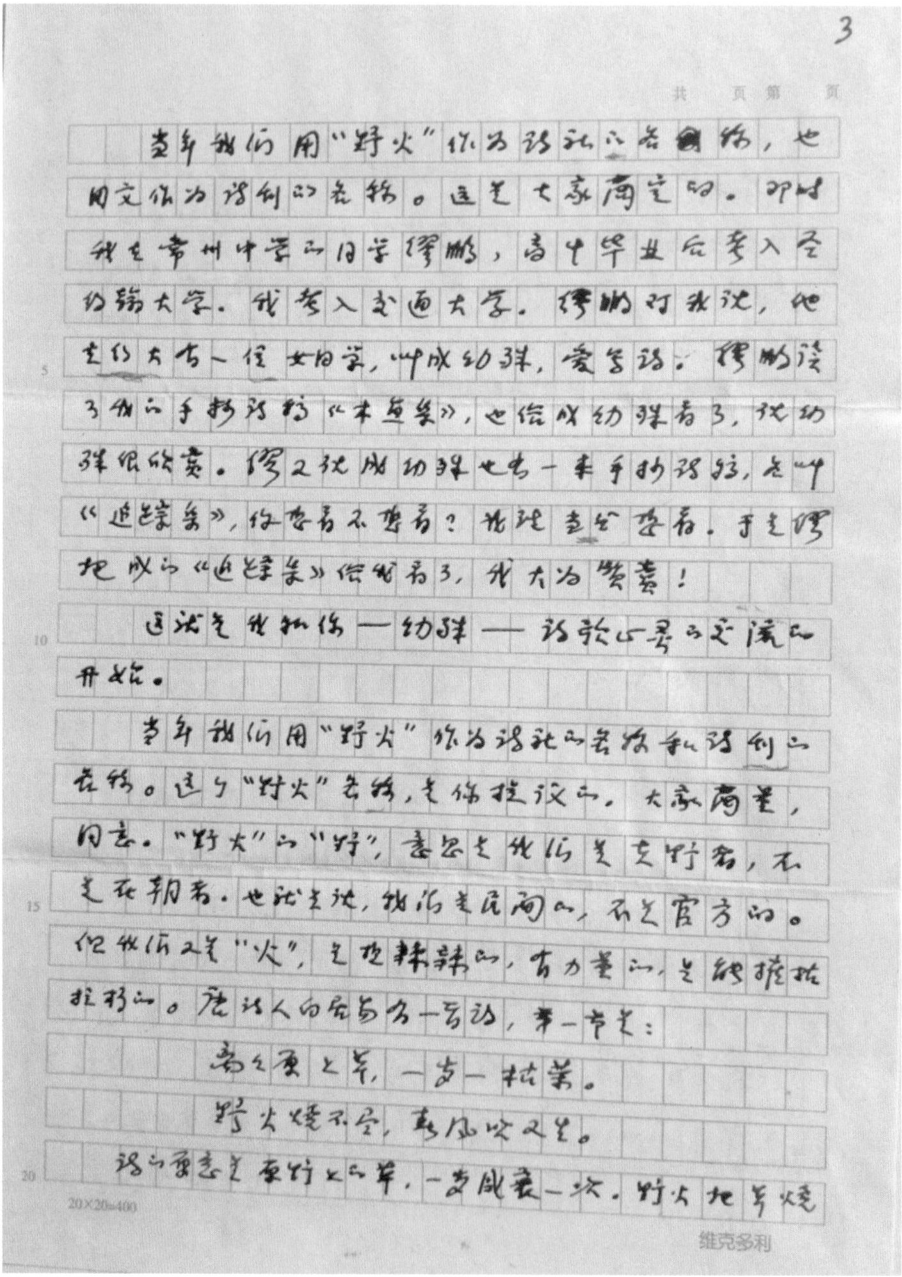

3

共 页第 页

当年我们用"野火"作为诗社的名称，也用它作为诗刊的名称。这是大家商定的。那时我在常州中学的同学缪鹏，高中毕业后考入金陵大学。我考入交通大学。缪鹏对我说，他们大学有一位女同学，叫成幼殊，爱写诗。缪鹏读了我的手抄诗稿《木鱼集》，也给成幼殊看了，说幼殊很欣赏。缪又说成幼殊也有一本手抄诗稿，名叫《追踪集》，你要看不要看？我说当然要看。于是缪把成的《追踪集》给我看了，我大为赞赏！

这就是我和你——幼殊——诗歌上最早的交流的开始。

当年我们用"野火"作为诗社的名称和诗刊的名称。这个"野火"名称，是你提议的。大家商量，同意。"野火"的"野"，意思是我们是在野者，不是在朝者。也就是说，我们是民间的，不是官方的。但我们又是"火"，是热辣辣的，有力量的，是能摧枯拉朽的。唐诗人白居易有一首诗，第一节是：

离离原上草，一岁一枯荣。

野火烧不尽，春风吹又生。

诗的原意是原野上的草，一岁成长一次。野火把草烧

20×20=400

维克多利

4

共 页第 页

灭了，只要春风一吹，草又茂盛了。

我——我们——故意把它"曲解"，理解成野火自己烧了一回，灭了，但春风一吹，野火又烧起来了。就是说，我们这片野火，即使一时灭了，过一会儿又会烧起来，永远不会熄灭。

当年你把《野火》油印诗刊寄一份送给郭沫若先生，郭老第二天就给你写了一封热情洋溢的信，肯定并夸奖了我们这一群青年的爱国，郭老是可爱的。郭老晚年身不由己，当了"御用文人"，但他的内心是什么滋味，两个儿子惨死，郭老本人其实是极左思潮和"文革"的受害者！

我今年九十五岁，蒙上帝恩爱，还没有躺倒。"此身行作稽山土"，却不知哪一天与死神握手。现在是"做一天和尚撞一天钟"（不是消极意义上的），工作能做多少就做多少，不强求，也不偷懒。

反迷信，讲科学，是对的！但有时不妨迷信一下"迷信"。据说将来灵魂升天，可以在天堂上与诗书友、老朋友重逢。有时，说说迷信是无害。

"中夜无眠偏阑寂，起看星斗正阑干。"

你的"火"友 唐岸 2017.4.12.

20×20=400

"四一二"反革命政变九十周年！

维克多利

2017年的4月12日，屠岸刚给完我一页信，又写下了这许多的话。他不但回忆当年的“野火诗歌会”，还特别谈及他很喜欢我那时的笔名“金沙”，谈及他和我“诗歌心灵的交流的开始”。我曾说过，他对我的诗的钟爱，或许是偏爱，超过作者我自己。

这让我想起在2010年的4月18日，因屠岸的积极主张，在我家里搞了一个我的诗歌朗诵会，并有屠岸三代家庭成员组成的“晨笛诗会”加盟，这是爱诗的屠岸的杰作。近日小诗友雪漪翻出了那天的一纸签名，就和当时朗诵会的现场照片一起，收录在这里吧。

屠岸在朗诵

在朗诵会上屠岸（右一）和陈鲁直交谈

朗诵会上，屠岸在记录，回去后还写了详尽的日记，复印下来寄给我。

屠岸的小女儿章燕在朗诵

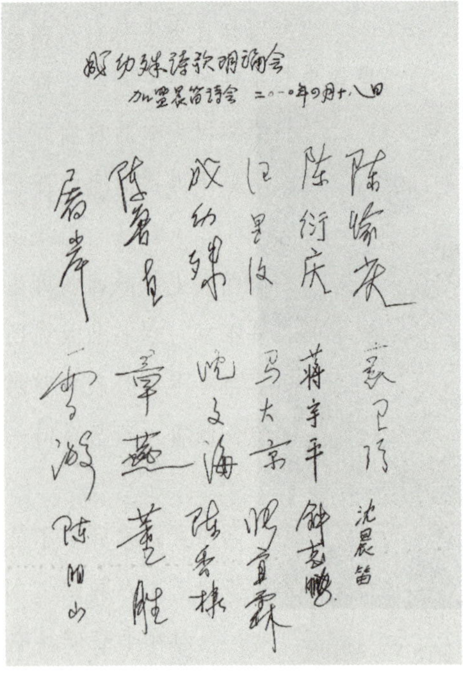


这是参加朗诵会人员签名的影印件。那天会后，不记得是谁提议签名。这一纸签名上写有“加盟晨笛诗会”，签名的不仅有屠岸，还有他的儿子、小女儿、女婿、外孙、外孙女、外孙女婿。

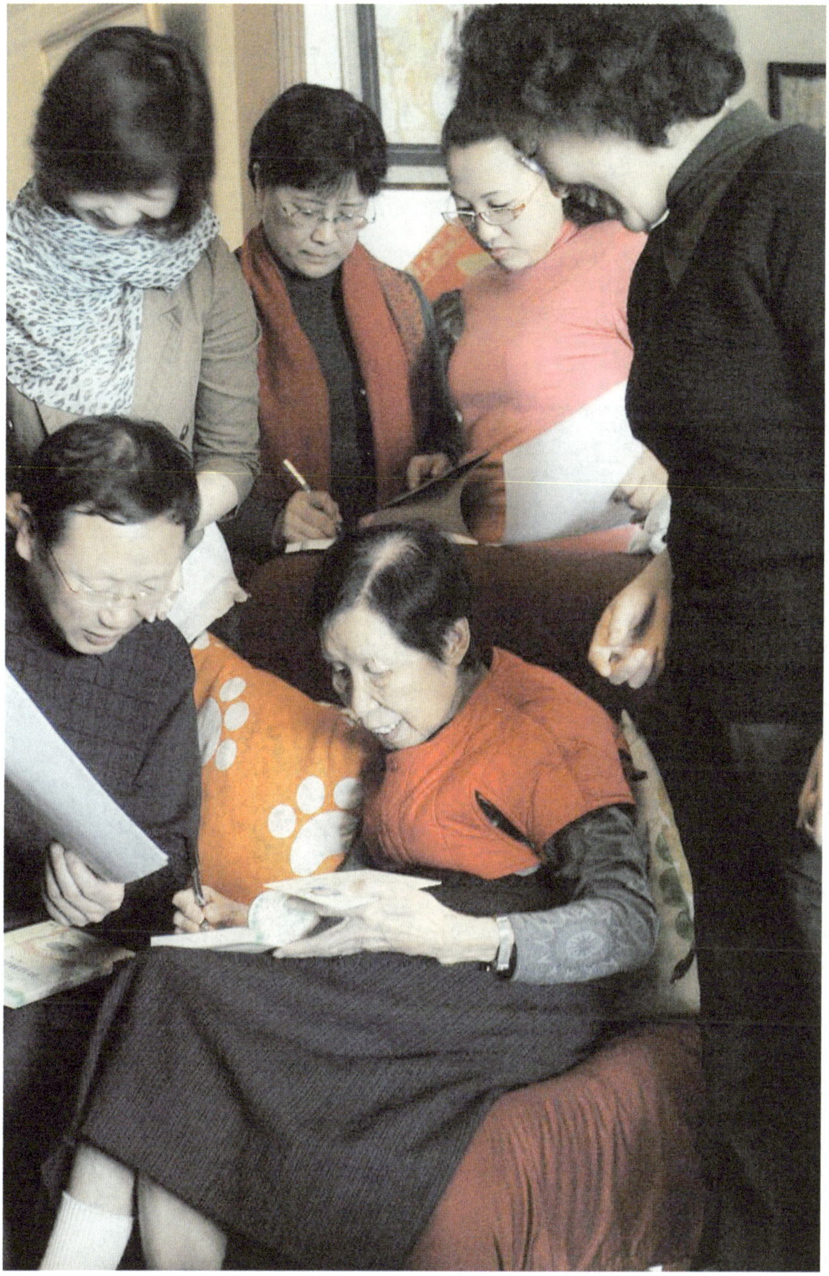

诗友们请我在赠书上签名

---

屠岸信中提到的韦泱，和韦泱2011年曾发表于《文汇读书周报》上的《〈野火〉春风漾诗意》一文，当年我也介绍过情况，对初稿提出修改意见，韦泱欣然接纳。

韦泱这样的名家，竟成了丁景唐与我的联系人，每年都要送我亲自手书的贺卡。韦泱2017年送我的贺卡，韦泱对吴宗锡的书评的剪报复印件也一并附后。

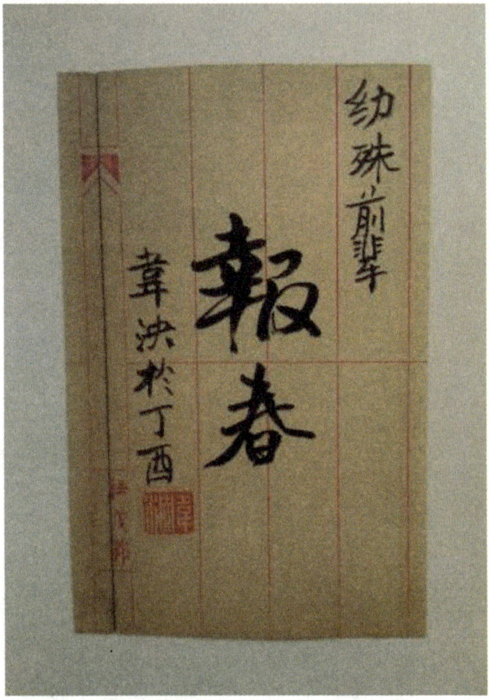


韦泱2017年送我的新春贺卡

---

韦泱，本名王伟强，中国作家协会会员，上海市作家协会理事，上海市文艺评论家协会会员。主要作品有诗集《金子的分量》，诗论《诗人牛汉》《屠岸的新诗》《不该遗忘的诗人》等。——编者注

6 文匯读书周報 Wenhui Book Review

# 诗人的本色

■韦 泱

《心影絃吟》
吴宗锡著
上海文艺出版社出版

九旬文化老人吴宗锡(左絃)出版新著《心影絃吟》,作为后生晚辈,心底由衷感到钦佩。记得吴老在编定此书时,承他信任,我成为第一个读者,翻阅着一厚叠剪报、手稿加复印件的这部书稿,感慨良多。

此书分三辑,第一辑是"心影梦痕",写的是关于苏州的一组散文。作为苏州人,他的笔下,写出了一个别样的苏州,当年在《苏州》杂志连载,深得主编陆文夫先生的称赞。第二辑是"诗踪文迹",是他诗歌与随笔的精选,弥足珍贵的是,他选入了不少上世纪四十年代的作品,都是第一次结集。他说:"少作残稿,散佚已多,遍检旧箧,存此片羽。"第三辑是"笛声絃吟",当然是作者的拿手好戏,即关于评弹的赏析文字。他在写作时,仍以一个诗人的视角,着眼于其中的诗情画意,他是把这些文字的写作,当作散文写呢,并赋予了诗的韵味。

原先我只知道,吴宗锡是我国为数不多的评弹艺术理论家,解放后即任上海评弹团团长,后任上海曲艺家协会主席等职,但却未知,他是那么钟情于"缪斯之神"。在进入评弹艺术领域之前,他是一名爱好新文学的诗人。十多年前,听诗人屠岸先生谈及,吴宗锡在上世纪四十年代后期是与他一起写诗的诗友,还一起编过诗刊《野火》;同时,吴宗锡还与袁鹰、吕林一起编过《新文丛》刊物。

那年,我无意间在旧书店淘得一本旧著,出版于1951年1月,书名为《旧艺人翻身记》,署名左絃,看着就觉得眼熟,作者似乎写过诗歌,经打听,才知是吴宗锡的笔名。于是,带着这册旧著,我登门造访,想着要了解吴宗锡更多的创作经历。一见面,他就直言相告:"是啊,左絃是我最初写诗时用的笔名。"他解释说,絃就是我国古典文学中的"絃咏",在国外,亦是缪斯女神手中的"七絃琴",都是诗歌的象征。左,指的是左翼革命。在那个非凡年代,为了用文学投入推翻黑暗统治的斗争,就含有做一个"革命诗人"的意味。

上世纪四十年代中期,时在圣约翰大学读经济系的吴宗锡与十几个青年学子组织了"野火诗歌会"文学社团,成员有本校的,亦有来自震旦、交通等大学的学生,如屠岸、金沙(成幼殊)、王殊、方谷绣等,他们大多是中共地下党员和进步青年。诗歌会定期相聚,开展诗歌朗诵、创作观摩、诗艺探讨等活动。1946年6月,诗歌社编印第一期《野火》,内刊左絃的两首诗,即《无题》及《我写诗》,郭沫若来信说:"读后的快感逼着我赶快来写这封信,左絃的两首诗都很好,我特别喜欢那首《我写诗》。"在这首诗中,诗人写道:"我写诗/在黑暗的地方,那里/星星会被当作太阳/在寒冷的地方,那里/热情已结成冰霜……"。

正如赵丽宏在序中所言:"优秀的文学作品,是时代的情感和良知的结晶。吴宗锡先生的创作,正是这样的结晶。我相信,他的文字,不会过时,也不会被岁月的风沙湮没。"

韦泱先生为“火友”吴宗锡写的书评，刊于2014年5月30日《文汇读书周报》第6版。

吴宗锡2012年11月26日来北京，在我家中合影。

---

吴宗锡，笔名左弦、程芷，评弹理论家。1945年毕业于上海圣约翰大学经济系，曾任上海市文联党组书记、上海市曲艺家协会主席等职务，著有《怎样欣赏评弹》《评弹散论》等。——编者注

# 岁　月

当岁月像积木那样向上增长，
我眸子中的儿女也越来越小。
或皱眉，或傻笑，像是
孩子的孩子，永远不老。

岁月哪会总板着脸，
它的滋味或苦，或酸，或甜，
或是涩涩的，不那么好下咽，
是缘？难选？还能不能试着去挑选？
岁月，滚滚向前，永远，
如万马奔腾，
却听不见，看不见，
天外，天外，更有天。

夜空，当流星雨漫天飞过，
也唱着听不见的歌，
且仰慕这天上的海，
将承载的岁月还会多而又多。

2017年7—8月于芳古园

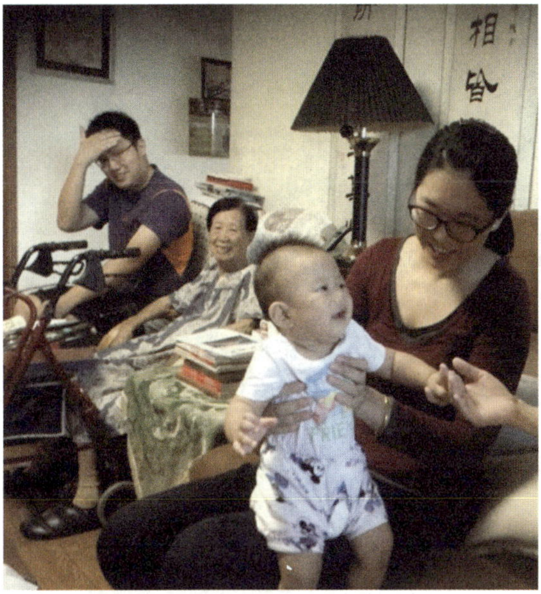

2015年9月，我与孙子竞翔、孙媳小马、重孙乐乐的合影。

2018年2月我与外孙日禾、孙媳玮玮和两个重外孙合影。

我看镜头，3岁的重孙乐乐盯着蛋糕。

2018年3月19日孙女嘲风从德国回京过30岁生日，我与她和她的男朋友在一起。

2018年5月儿女们齐聚为我庆贺生日，并有在京的孙子竞翔一家。

---

大概是受到屠岸2017年4月12日来信的感染，一直萦绕在脑海里的一个诗的命题“岁月”，终于在这年的七八月间完稿。我畅想着人的生命的绵延，随着岁月的增长，“孩子的孩子，永远不老”。

想不到的是，10月底，儿女们告诉我屠岸病重的消息，并代我去探望。后又经多方治疗无效，屠岸于12月16日离开我们走了。12月20日八宝山的告别仪式，大女儿陈朋山代我参加，带去了我的挽词：“送别终生不渝的诗友——屠岸：以诗为生命，不朽；得知己为诗友，足以！”相信他是带着美好的愿景走的，如他信中所说，“但有时不妨留恋一下‘迷信’，想望将来灵魂升天，可以在天堂与陈鲁直、章妙英（屠岸夫人）重逢。有时，诗与迷信是兄弟”。屠岸的小女儿章燕致的告别词感人至深，可作佐证——

亲爱的爸爸：

今天是冬天一个寒冷的日子，但大地依然洒满了阳光，在这个特别的日子里，我们一起送您走过这最后的一程。

就在两三个月前，您还在伏案工作，还在读书、看报、写信、记日记，还在接待来访的友人，还在和我们畅谈。但，疾病来得是这样的迅疾，令我们猝不及防。看着我们着急、心切，您对我们说：“生老病死是人生常态，是自然规律，不要着急，不要心慌！”您仍然平静地生活，累了便躺下休息，问您是否睡着了，您说，“在背诗，背莎士比亚、济慈、杜甫的诗”。问您是否要听贝多芬的音乐，您说，“要听（《欢乐颂》）！”于是，您一连听了两天。

我们送您去医院就诊，您积极配合，但您更愿意在家中，与我们一起。即使在病重期间，您只要醒来就对我们微笑。您对友人说：“人从出生，从婴儿到成长，再到衰老和死亡，这期间我感受到亲情和友情，这是一个美丽的过程，我感到幸福！”直至临终的前一天，您还在和我们一起听贝多芬的《田园》交响曲，唱《婚礼进行曲》。在您生命的最后阶段，正是您对生死的豁达，对生命的感悟，给予了我们无尽的力量，赋予了我们无限的勇气，让我们每一天都能平安地陪伴您，走过这最艰难的日子。我们相信您是幸福的！

在这段艰难的日子里，我们感受到了来自各方的友情和关爱。朋友们来看望您，这之中有您多年的老友，有您年轻的晚辈，有您单位的同事，有来自家乡常州的祝愿，更有各级单位和领导的关心。在您病重期间，人民文学出版社、中国出版集团、中国现代文学馆、中国作协、中宣部等单位的领导和同志们始终关心着您的病情，为您的治疗积极争取合适的医疗手段和条件，他们始终牵挂着您。我们会牢记这份情意，并衷心地感谢他们的真诚关爱和竭尽全力的帮助。同时，我们特别要感谢今天来到这里和我们一起送别您的朋友们！

爸爸，虽然您离开了我们，但我们的心永远都在一起！

愿天堂没有寒冷和病痛，只有诗歌和阳光！

永远爱着您的孩子们！

---

是啊，就在3个多月前的2017年8月20日，他还伏案写信给我，关心我的健康，深深怀念与上帝同在的“火友”，不忘野火诗歌会成立72周年。他深知我与梅娘是好朋友，就附在信中一份报纸，还在信中写道：“既然还没有到达终点，那就奋袂而前行。”深深的友情和他的奋袂，跃然于字里行间。这封信虽然只有1页，但十分珍贵。

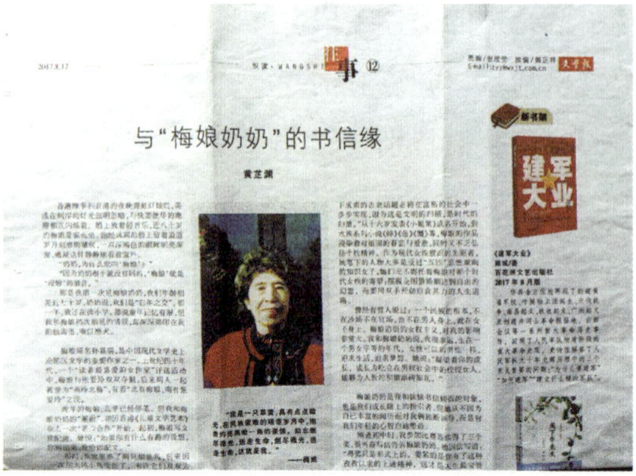

往事⑫

与"梅娘奶奶"的书信缘

黄芝渊

屠岸随信寄来的《文学报》

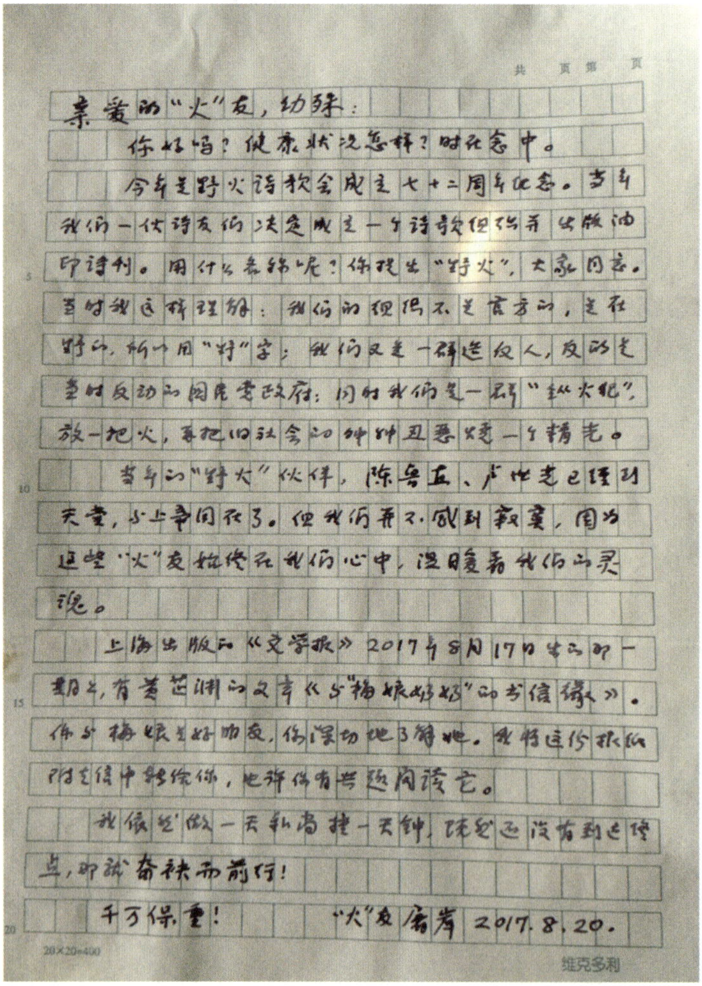

亲爱的"火"友，幼殊：

你好吗？健康状况怎样？时在念中。

今年是野火诗歌会成立七十二周年纪念。当年我们一伙诗友们决定成立一个诗歌组织并出版油印诗刊。用什么名称呢？你提出"野火"，大家同意。当时我这样理解：我们的组织不是官方的，是在野的，所以用"野"字；我们又是一群造反人，反的是当时反动的国民党政府；同时我们是一群"纵火犯"，放一把火，要把旧社会的种种丑恶烧一个精光。

当年的"野火"伙伴，陈鲁直、卢世光已经到天堂，不在人间了。但我们并不感到寂寞，因为这些"火"友始终在我们心中，温暖着我们的灵魂。

上海出版的《文学报》2017年8月17日出的那一期上，有黄芝渊的文章《与"梅娘奶奶"的书信缘》。你与梅娘是好朋友，你深切地了解她。我将这份报纸附在信中寄给你，也许你有兴趣阅读它。

我依然做一天和尚撞一天钟，既然还没有到达终点，那就奋袂而前行！

千万保重！ "火"友屠岸 2017.8.20.

屠岸2017年8月20日的来信

还有想不到的是，2017年12月23日，收到中国社会出版社陈贵红女士寄来的，丁言模新近出版的书《穿越岁月的文学刊物和作家》。信封的下方写了一个电话，我随即挂电话致谢。对方说，是丁言模叫寄的，他父亲丁景唐写的序。很遗憾，丁景唐前些日子已经走了。到网上查，是2017年12月11日走的，享年98岁。我们的老师长，比屠岸早走了5天。网上消息称，“根据丁老遗嘱，丧事一切从简，以海葬为最终归宿”。我肃然。

本页插图是丁景唐为丁言模写的序前两段文字和书的封面。

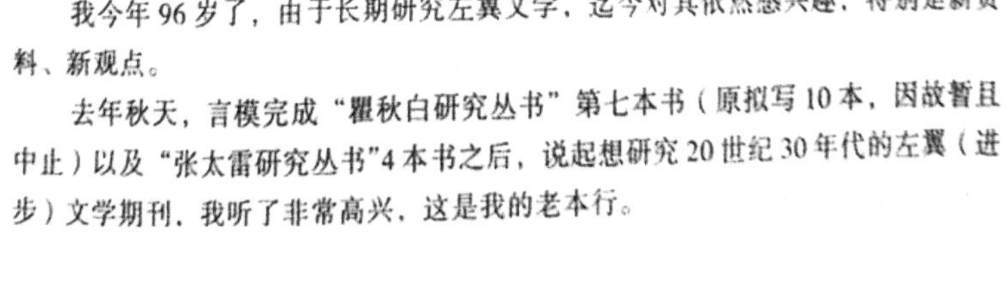
序　言

丁景唐

我今年96岁了，由于长期研究左翼文学，迄今对其依然感兴趣，特别是新资料、新观点。

去年秋天，言模完成“瞿秋白研究丛书”第七本书（原拟写10本，因故暂且中止）以及“张太雷研究丛书”4本书之后，说起想研究20世纪30年代的左翼（进步）文学期刊，我听了非常高兴，这是我的老本行。

# 图片的生命

——贺董胜的摄影《窗外的北京》刊于2018年1月3日
《中国青年报》第8版整版

功夫不负有心人，
一幅幅平凡的画面，
赋予了新的生命。

熟悉的楼群，
年增月长，
有高铁在其间穿行。

熟悉的街景，
路旁的车停，
簇拥着披红挂彩的迎亲人群。

熟悉的绿茵，
开学的校园，
幼儿园的孩童骑车正高兴。

熟悉的小区，
不知不觉，
物业、外卖嵌入了生活环境。

兴趣加勤奋，
即使蜗居高楼，
镜头里也可有窗外画面跃进。

日积月累，
题上记载的文字，
熟悉的画面有了新的生命。

2018年1月15日

芳古园

以下是董胜刊于《中国青年报》的部分摄影作品。

楼群高铁
2018年1月1日于方庄东南窗摄

外卖
2017年12月25日于劲松东窗摄

物业扫雪
2017年2月21日于劲松南窗摄

开学
2017年9月1日于方庄东南窗摄

# 后 记

想出版这本《续集》已经快两年了，总觉得不容易实现。首先，我自知，我不是个多产的诗作者。2003年《幸存的一粟》出版后写的新诗，现能结集的不到40首。更主要的是，我已年近95岁，难以像当年出版《幸存的一粟》那样，写下那十几万字的“一些也许不算多余的文字”。

虽如此，这不到40首的诗，毕竟记录了近15年来，我的所思、所做、所感悟。于是想了个偷懒的办法，就是将这一时期写下的，长长短短10余篇文稿，穿插到相关的诗之间。这些文稿多是记友人、怀亲人、谈诗文，可以与诗相呼应。再就是，将最近几年我的老同学、老诗友——屠岸、卢世光等有关诗文的几封信的影印件，收入书中。他俩那隽秀清晰的手书，深刻敏捷的才思，珍重友情的境界，传递给人们老而弥坚的精神。学生时代“野火诗歌会”的“火友”，近年在北京的只有屠岸、卢世光、陈鲁直和我，鲁直和我远不如他俩手书不辍，多是借助电脑写文字，有时需手书，往往是儿女代笔。

这样，再加上这一时期的相关照片插入文字中，这本《续集》也就算可以集结成册了。

我曾在《幸存的一粟》的“自序”中写过：“瞻前顾后，真是沧海中的一粟，幸运的，幸存的一粟，我自己，我的诗。”如今，在北京的四位诗友、“火友”只幸存下了我，当年所有“火友”成员，目前能联系到的，只有上海的吴宗锡和我。出版这本《续集》，还是如我在《幸存的一粟》后记中写的心愫一样，“这是幸存者的责任”。

我真心感谢所有关心我支持我的朋友、诗友、同事，天南地北、天上人间。外交部老干部笔会的会友们，世界知识出版社认识和不认识的出版人，总是眷顾高龄的我，这次出版《续集》，又让你们辛苦了，感谢！另外，对小诗友雪漪辛苦统稿、排版，长春逯家驹先生倾情校对表示感谢！

成幼殊

2018年6月于芳古园